Ruth Rehmann:
Bootsfahrt mit Damen

Erzählungen

Deutscher
Taschenbuch
Verlag

Von Ruth Rehmann
sind im Deutschen Taschenbuch Verlag erschienen:
Abschied von der Meisterklasse (10744)
Die Schwaigerin (dtv großdruck 25079)

Originalausgabe
Mai 1995
© 1995 Deutscher Taschenbuch Verlag GmbH & Co. KG,
München
Umschlagtypographie: Celestino Piatti
Umschlagbild: Rotraut Susanne Berner
Gesamtherstellung: C. H. Beck'sche Buchdruckerei,
Nördlingen
Printed in Germany · ISBN 3-423-25102-6

Inhalt

Liebesgeschichte mit Bäumen

»Wie soll ich dir das erklären?« sagte der alte Mann und blickte über den Scheitel des Jungen hinweg die leere Betonbahn hinauf und herunter, an den Pfeilern entlang, die in regelmäßigen Abständen neben die Schachteingänge gepflanzt waren. Der alte Mann und der Junge saßen auf zwei Stühlen neben einem der Pfeiler in der Sonne. Der Junge hatte einen Schreibblock auf den Knien und zog eine senkrechte Linie, die das Blatt in zwei Hälften teilte.

»Versuch's«, sagte er.

»Es gibt hier nichts, womit ich sie vergleichen könnte«, sagte der Mann, mit der Hand über die Wölbung des Pfeilers fahrend. »Zwar waren sie auch rund wie dieser und fest im Boden und hoch nach oben, aber sonst war alles anders, die Oberfläche nicht glatt, sondern mit einer Art Haut umgeben, die bei manchen dick und schrundig war wie meine«, er drehte seine alte Hand vor den Augen des Jungen und zeigte ihm das Geschrumpel auf dem Handrücken und die tief-eingeschnittenen Linien und Falten im Inneren. »Manche waren aber auch glatt wie Seide oder mürbe, so daß man einzelne Stücke ablösen konnte. Dann schlüpften die Käfer tiefer in die Ritzen...«

»Was ist das, Käfer?« fragte der Junge.

»Schreib's einfach hin«, sagte der Mann, »es sind kleine Tiere. Ich zeige sie dir, wenn wir wieder ins Museum gehen. Jetzt wollen wir bei der Sache bleiben. Wenn man die Haut, die ich eben erwähnt habe, verletzte, kam eine Flüssigkeit heraus ...«

»Blut?« fragte der Junge.

Der Mann schüttelte den Kopf. »Sie war dick und gelb. Sie duftete«, sagte er, kramte einen gelben Klumpen, hart und durchsichtig wie Bernstein, aus seiner Hosentasche und roch daran: »Jaja, das war's«, sagte er, »jetzt sehe ich sie wieder.«

Der Junge nahm ihm den Klumpen aus der Hand, schnupperte daran und schüttelte den Kopf. »Ich rieche nichts«, sagte er.

»Man muß Geduld haben«, sagte der alte Mann. Er öffnete die Aktentasche, die an den Fuß seines Stuhles gelehnt war, und suchte darin herum. Dann vergaß er, was er suchte, nahm die Hand zurück und ließ sie auf seinem Knie liegen, während er weitersprach.

»Sie waren nicht einbetoniert wie dieser, sondern mit gebogenen, verzweigten Armen in den Boden vertieft, manchmal weit hinab, wo damals noch Wasser war, riesige Seen und Flüsse, die im Dunkeln strömten. Daraus saugten die Arme Nahrung für das, was über der Erde war; weil sie lebendig waren, verstehst du? weil sie essen und trinken mußten wie du. Einen Teil der Nahrung nahmen sie aus der Erde, einen anderen Teil aus der Luft und von der Sonne. Dafür waren die Äste da, überirdische Arme, die weit in die Luft hinausgriffen und sich verzweigten in immer zartere Arme, die kleine Fähnchen aus Grün trugen . . .«

»Die weiß ich«, sagte der Junge. »Sie hießen Blätter. Ich habe sie gesehen, als wir mit der Schule im Park waren.«

»Der Park!« Der Mann zog verächtlich die Brauen hoch. »Den Park kannst du vergessen. Alles ist falsch – die grünen Dinger und die Gerüste, an denen sie befestigt sind. Sie wachsen nicht. Sie ändern sich nicht. Sie unterscheiden sich nicht.« Er nahm die kleine, tintenverschmierte Hand des Jungen in seine, öffnete sie und strich über die zarten Linien in der Spitze des Zeigefingers. »Du glaubst es vielleicht nicht«, sagte er, »aber kein einziger von den Millionen und Abermillionen Menschen auf der Welt hat diese Linien genau so angeordnet wie du. So ist das beim Lebendigen: Es gibt nichts Gleiches, und nie bleibt etwas, wie es ist. Man kann auch nie genau wissen, was beim Wachsen herauskommt. Bei dir weiß man ja auch nicht, wie du in fünf Jahren aussehen wirst, deine Nase, deine Hände, deine Augenbrauen . . . obwohl doch alles schon da ist, in der Knospe sozusagen.«

»Was ist das, Knospe?« fragte der Junge.

»So fängt es an«, sagte der Mann, »eine kleine Schwellung, ein Knoten, in dem das, was werden will, winzig zusammengefaltet liegt, bis es Zeit ist.«

»Wann ist es Zeit?« fragte der Junge.

»Für die Blätter war es der Frühling«, sagte der Mann. »Die Knospen fingen zu schwellen an, weil das Innere sich dehnte, und dann konnte die Schale es nicht mehr halten und platzte. Grün züngelte heraus, feucht, zart wie das Häutchen im Ei, wuchs, breitete sich aus, streckte sich in die Form, die es haben sollte, länglich, rund, glattrandig, gezackt, weichlappig, nadelhart – so viele Formen, daß ich sie dir beim besten Willen nicht alle nennen kann. Und jedes war von winzigen Adern durchzogen, die an die größeren Adern der Arme angeschlossen waren, die Zweige und Äste hießen, und an die noch größeren Adern des Mittelpfeilers, der Stamm hieß, und an die Adern der Erdarme, die Wurzeln genannt wurden, so daß die ganze Gestalt mit allen ihren verschiedenen Teilen doch eins war von der tiefsten Erdfaser bis zum höchsten Grünspitzchen – anders als alle andern, aber auch ähnlich, so daß es möglich war, sie alle mit einem Namen zu nennen.

Und nun kannst du schreiben«, sagte er, holte aus der offenen Aktentasche eine Pfeife, steckte sie, leer wie sie war, in den Mund und saugte daran, während er die Wörter diktierte, zuerst rasch und laut, dann leiser und langsamer, mit Pausen dazwischen, so daß der Junge immer länger warten mußte und schließlich ungeduldig wurde.

»Du sollst nicht einschlafen!« sagte er. »Man schläft nicht am Tag, sagt Papa.«

»Ich schlafe nicht, ich denke nach«, sagte der Mann. »Ich denke, daß Worte nichts sagen, wenn man es nicht gesehen hat. Sie gehen wie Nadeln durch das Lebendige und stecken es fest, so daß es sich nicht mehr bewegen und anders werden kann. Aber das ist das Wichtigste beim Lebendigen. Alles hat sein Werden und Vergehen in seiner eigenen Zeit, auch an ein und demselben Baum. Es gab eine lange langsame Baumzeit und eine kurze schnelle Blätterzeit. Während die Baumzeit weiterging, war die Blätterzeit jedes Jahr einmal zuende. Dann schlossen die Adern sich zu, und die Blätter bekamen nichts mehr zu essen. Empört flammten sie auf in den unwahrscheinlichsten Farben. Aber am Ende mußten sie doch fallen.«

»Jedes Jahr? Das war aber nicht praktisch!« sagte der Junge.

»Es war notwendig«, sagte der Mann. »Wenn nichts stirbt, kann auch nichts leben. Und die blattlosen Bäume waren keineswegs weniger Baum als die mit den Blättern, ja, vielleicht waren sie noch mehr sie selbst, deutlicher, wahrhaftiger. Sie schrieben eine zarte Schrift in den Himmel. Leider konnte keiner die Schrift lesen.«

»Warum leider?« fragte der Junge.

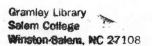

»Weil sie vielleicht eine wichtige Nachricht in den Himmel geschrieben haben«, sagte der Mann. »Weil vielleicht alles anders geworden wäre, wenn einer die Schrift hätte lesen können.«

»Warum sollte es anders werden?« fragte der Junge. »Geht's uns nicht gut?«

»Mir geht es nicht gut«, sagte der Mann. »Sie fehlen mir.«

Schaudernd rieb er sich die spitzen Knie unter der viel zu weiten, faltigen Hose. »Die Sonne geht weg«, sagte er. »Du mußt hinunter, und ich muß zurück ins Feierabendheim.«

Der Junge stand auf und rückte seinen Stuhl ein Stück weiter in eine schmale rötliche Sonnenbahn zwischen den Pfeilerschatten, die inzwischen länger und dunkler geworden waren. »Da ist noch Sonne«, sagte er und zog den Stuhl des alten Mannes nach, der hinterhertrottete.

»Schreib Tanne!« sagte der Mann, nachdem er sich auf dem Stuhl zurechtgesetzt und seine Aktentasche neben das Stuhlbein gelehnt hatte. »Tanne hieß der höchste Baum in dem Garten, in dem ich ein Kind war. Ich nannte ihn Himmelsbaum, weil er hoch war bis in den Himmel hinauf. Um ihn ganz zu sehen, mußte ich rückwärts von ihm weggehen und den Kopf in den Nacken legen, damit meine Augen Zweig für Zweig an ihm hochklettern konnten bis zur Spitze, die wie eine Antenne in den Himmel stach. Da saß am Abend die Drossel...«

»Was ist das, Drossel?« fragte der Junge.

»Das ist ein Vogel«, sagte der Mann. »Von Vögeln sprechen wir morgen. Jetzt wäre es vielleicht besser, wenn du nicht mehr fragen würdest. Die Worte sind scheu. Bei Störung laufen sie weg, und ich bin zu alt, um ihnen nachzulaufen. Wo war ich stehengeblieben?«

»Du gingst rückwärts von der Tanne weg, um sie ganz zu sehen«, sagte der Junge.

»Ich war noch so klein«, sagte der Mann lächelnd. »Meistens kam mir etwas zwischen die Füße, ein Stock, ein Maulwurfshaufen…« Er hob die Hand, um den Jungen am Fragen zu hindern, und der Junge machte seinen Mund, der schon offen war, wieder zu. »Oder ich wurde schwindlig, dann fiel ich ins Gras, das war ein grüner lebendiger Teppich mit Farbtupfern von Blüten. Im Grünen, Duftenden blieb ich liegen und war noch kleiner und die Tanne noch größer. Ich blickte zu ihr auf und sah sie davonfliegen zwischen den Wolken, die dünne Spitze mit der Drossel darauf, die ihren kleinen schwarzen Kopf zurücklehnte und süße Töne aus ihrem Schnabel entließ. So flog die Tanne und das Geflöte über die Mauer, über das Dach, über den Kirchturm, immer höher, immer weiter weg…«

»Konnte sie wirklich fliegen, die Tanne?« fragte der Junge.

Der alte Mann dachte nach. »Ich glaube nicht«,

sagte er, »nein, mit dem Fuß blieb sie, wo sie fest-
gewachsen war, an ihrem Platz im hinteren Garten
und machte mir ein Versteck, in dem keiner mich
finden konnte. Ihre unteren Arme griffen weit
über die Wiese und bogen sich vom Gewicht der
Zweige und Nadeln, so daß sie mit den Spitzen
den Boden berührten. Sie machten mir ein Schat-
tenzelt, in dem es dämmrig und still war. Durch
die Lücken konnte ich sehen, wie die anderen Kinder mich suchten, aber sie sahen mich nicht. Ich
hockte dicht neben dem Stamm, in einer Mulde
zwischen zwei Wurzeln, die wie Adern auseinan-
derliefen, ehe sie im Boden verschwanden. Die
Nadeln, auf denen ich saß, viele Schichten von
vielen Jahren, waren warm und trocken und feder-
ten wie ein lebendiger Körper unter mir. Der Boden war mit Lichtflecken besät von der Sonne, die
durch die Zweiglücken griff. Wenn der Wind kam,
bewegten sie sich. Die Sonne machte mit den Nadeln und der Rinde einen Duft...«

»Das hatten wir schon«, sagte der Junge und
ließ den gelben Klumpen auf seiner Handfläche
rollen, »das heißt Harz.«

»Pst, bring mich nicht draus!« sagte der Mann.
»Ich wollte sagen, daß alles voll Leben war, unter
mir im Boden und in der Rinde an meiner Wange
und oben in der Schattenhöhle aus trockenem Ge-
zweig, in die ich nie richtig hineinschauen konnte,
weil Staub und Rindenstückchen mir in die Augen

rieselten. Ein Huschen, Flattern, Krabbeln war darin. Ich will dir die Namen der Tiere nicht sagen, weil du sie doch nicht behalten kannst, nur, daß überall Leben war, das zu der Tanne gehörte, und ich eines davon, meine Wange an ihrem Leib, meine Arme um ihren Stamm, soweit ich langen konnte, nicht ganz herum. Dazu bin ich nicht mehr gekommen.«

»Warum nicht?« fragte der Junge.

»Sie haben sie abgesägt«, sagte der Mann. »Vielleicht meinten sie, daß ihre Zweige zuviel Schatten über die Terrasse würfen. Oder sie war schon krank. Sie waren ja lange krank, Jahrzehnte...«

»Hat das denn niemand gemerkt?« fragte der Junge.

»Ab und zu schon«, sagte der Mann, »immer mal wieder. Aber sie starben die ganze Zeit. Es war ein langsames Sterben, und die Menschen waren damals schon ziemlich schnell. Ich glaube, je schneller die Menschen werden, desto weniger sehen sie das Langsame, obwohl doch grade das Langsame wichtig ist.«

»Papa sagt, daß man schnell schauen muß, sonst kriegt man nichts mit«, sagte der Junge.

»Es kommt drauf an, was man schauen will«, sagte der Mann. »Was die Bäume betrifft, bringt das schnelle Schauen nicht viel. Aber Bäume gibt's ja nicht mehr.«

»Vielleicht doch«, sagte der Junge. »Vielleicht haben sich doch noch welche irgendwo versteckt.«

Der alte Mann hob die Schultern und sah zwischen den Pfeilern durch ins Leere mit seinen alten Augen, die trüb waren wie die eines gefangenen Vogels. »Es gab noch andere Bäume in dem Garten, in dem ich Kind war«, sagte er leise. »Einer wuchs in die Breite und in die Höhe, und seine Blätter waren so dicht, daß er von weitem wie eine Kugel aussah. Er hieß Kastanie. Die dicken unteren Äste wuchsen waagerecht, so daß man darauf balancieren konnte, und dort, wo sie dünner wurden nach außen hin, konnte man schaukeln bis zum Boden hinunter und wieder hoch in die Luft. Im Frühling steckte er kleine Leuchter auf, an denen wie Flämmchen die Blüten saßen, weiß mit rot wie die Sträußchen auf den Konfektschachteln, aber lebendig, duftend und rasch verwelkt. Aus ihnen wuchsen grüne stachlige Kugeln mit Kernen darin, die wuchsen und wuchsen, bis die grüne Schale platzte und die Kerne heraussprangen, rotbraun, glatt, glänzend, als hätte man sie mit Speckschwarte eingerieben. Man konnte alles mögliche mit ihnen machen, und auch wenn man nichts mit ihnen machte, lagen sie gut in der Hand, rund und glatt. Man konnte stundenlang in der Hosentasche mit ihnen spielen und denken, was man alles mit ihnen machen könnte. Sie gaben einem Ideen ...«

»Was ist das, Ideen?« fragte der Junge.

»Du fragst und fragst«, sagte der Mann. »Ich weiß nicht, ob ich dir das Wort Ideen erklären darf. Ich habe die letzten Bestimmungen nicht gelesen. Wenn es erlaubt wäre, hättest du es in der Schule gelernt.«

»In der Schule lernen wir nur, was es wirklich gibt«, sagte der Junge. »Das ist ja das Langweilige. Wenn es etwas nicht mehr gibt, wird das Wort gestrichen. Deshalb kriegen wir jedes Jahr neue Bücher.«

»Woher wissen die Lehrer so schnell, daß es etwas nicht mehr gibt?« sagte der Mann. »Es könnte doch irgendwo geblieben sein. Die Lehrer sehen nicht alles. Ich persönlich habe das Gefühl, daß sie das meiste nicht sehen.«

»Sie brauchen nicht zu sehen«, sagte der Junge. »Sie machen Umfragen in den Klassen. Einer kommt durch und fragt: Was ist das: Apfel, Fluß, Hase? Wenn es keiner weiß, vermerken sie das Wort in der Liste. Was auf der Liste steht, wird gelöscht.«

»Was haben sie denn zuletzt gefragt?« sagte der Mann.

»Regen«, sagte der Junge.

»Und keiner wußte, was Regen ist?«

»Ich hab's gewußt«, sagte der Junge, »Regen ist Wasser, das vom Himmel fällt. Der Lehrer wollte wissen, woher ich das habe. Ich habe gesagt, daß ich es von dir weiß.«

»Und was hat er darauf gesagt?«

»Nichts, nur gelacht.«

»Er hat bestimmt was gesagt!«

»Na gut, aber ich sag es dir nicht, sonst fängst du auch noch zu regnen an.«

»Das heißt nicht regnen, sondern weinen«, sagte der Mann, »und eigentlich will ich gar nicht wissen, was er gesagt hat, weil es doch immer das Gleiche ist: Ich soll in diesem öden Feierabendheim bleiben, meine Pillen nehmen, meine Übungen machen, meinen Mund halten. Sie lassen mich nicht mal rauchen!«

Er kramte in seiner Aktenmappe nach der Tabaksbüchse und fing an, Tabak in seine Pfeife zu füllen, dabei streute er Tabakkrümel auf seine Hose, und der Junge nahm ihm die Pfeife aus der Hand, stopfte sie sorgfältig, nicht zu fest, nicht zu locker. Dann zündete er sie an, nahm ein paar Züge und gab sie dem Alten, der gierig den Rauch einsog.

»Ich will nicht, daß du den Mund hältst!« sagte der Junge. »Alle halten den Mund. Man bekommt einfach keine Antwort. Wenn ich Papa frage, warum ich ihn nicht in seiner Arbeit besuchen darf. Wenn ich den Lehrer frage, warum wir unter der Erde wohnen, statt obendrauf, wo die Sonne scheint. Das gehört nicht zur Sache, sagen sie, und wenn ich dann frage, was die Sache ist, sagen sie: Frag nicht soviel! Mach deine Aufgaben! Immer die alte Leier...«

»Ich möchte, daß du jetzt nur an Bäume denkst«, sagte der Mann. »Stell dir viele von ihnen vor, die dicht zusammenstehen, so daß ihre Kronen sich ineinanderflechten zu einem riesigen Dach über Täler und Hügel hinweg. Dieses große Grüne, Lebendige aus vielen vielen Bäumen hatte einen eigenen Namen. Es hieß Wald. Ich selbst habe nur das letzte Stück davon gesehen. Es stand in einem Naturpark. Man konnte Führungen buchen. Das Mädchen, in das ich damals verliebt war, wollte unbedingt mit mir hin, weil ihre Mutter mit ihrem Vater einmal im Wald spazierengegangen war, als sie verliebt waren.«

»Seid ihr dagewesen?« fragte der Junge aufgeregt.

»Es war ziemlich schwierig, weil so viele Leute hinwollten«, sagte der Mann. »Man mußte sich Monate vorher anmelden und Geld einzahlen, und als wir schließlich hinkamen, war es doch nicht so, wie die Mutter meiner Freundin erzählt hatte. Es gab zwar etwas Wald, aber er war weit weg, und wir durften nicht hin, sondern nur mit Abstand an ihm vorbei, hinter dem Führer auf einem Pfad, an dessen Rändern Schautafeln mit Bildern und Beschreibungen von Bäumen aufgestellt waren. Meine Freundin war so enttäuscht, daß sie zu weinen anfing. Sie setzte sich auf einen Stein am Wegrand und weinte und weinte, bis von der Gruppe nichts mehr zu sehen war. Dann nahm sie mich an der

Hand, und wir liefen auf den Wald zu, der wie eine grüne Insel im Kahlen stand. Es waren lauter silberne Stämme, ganz nah beieinander, so daß die Kronen oben ineinandergriffen. Sie hießen Buchen. Die Blätter in ihren Kronen waren jung und hell von der Sonne, die von oben durch sie hindurchschien, und zwischen ihnen war der Himmel blau und tief wie ein stiller See, dunkel und doch leuchtend, wie wir noch nie ein Blau gesehen hatten. Wir legten uns in ein Bett aus trockenen Blättern unter den Bäumen und blickten hinauf, und als wir uns liebten, machten die Blätter mit dem Himmel und der Sonne und dem Wind einen Tanz ... einen Klang ... eine Seligkeit ...«

Bei diesen Worten ging ein Zittern durch den Körper des Mannes, und er tastete mit der Hand nach der Schulter des Jungen, als brauche er eine Stütze, die ihm beim Tragen von soviel Schönheit beistünde. Aber der Junge war nicht mehr neben ihm. Er war aufgestanden und ein Stück in die Betonbahn hineingelaufen. »Was ist denn?« fragte der alte Mann ärgerlich, »warum läufst du davon?«

Der Junge kam zu ihm zurück und zog ihn am Ärmel. »Komm, wir gehen hin!« sagte er zitternd vor Aufregung. »Bis zur Sperrstunde ist noch Zeit. Wir gehen in den Wald. Komm! Steh auf!«

Der Mann griff nach seiner Hand und streichelte sie. »Es war nur eine Geschichte«, sagte er. »Den Wald gibt es schon lange nicht mehr!«

Der Junge riß ihm die Hand weg und trat einen Schritt zurück. »Ich will keine Geschichte, ich will einen Wald«, schrie er und stampfte mit dem Fuß auf, »einen Wald will ich, einen Wald, einen Wald!«

Der Mann klopfte seine Pfeife aus und packte das Rauchzeug umständlich in die Tasche. Dabei sagte er, ohne den Jungen anzusehen: »Wenn du einen Wald willst, mußt du Erde suchen und Bäume pflanzen. Das wird sehr schwierig sein, für einen allein sogar unmöglich, weil vieles geändert werden muß, bis auf dieser Erde wieder ein Wald wachsen kann. Um so etwas Schwieriges zu unternehmen, muß man eine Idee im Kopf und einen mächtigen geduldigen Wunsch im Herzen haben. Die Idee und der Wunsch müssen so stark sein, daß andere Menschen davon angesteckt werden. Und dazu…«, sagte er, seine Tasche schließend und am Riemen über die Schulter hängend, »zum Ideenhaben und zum Wünschen sind die Geschichten da. Morgen kommen wir zu den Vögeln.«

Er stand auf und wandte sich zu dem Jungen, um ihm auf Wiedersehen zu sagen, da bemerkte er Tränen in seinen Augen und sagte rasch: »Paß mal auf, wie die Vögel tun, wenn sie wegfliegen wollen!« und fing an zu hüpfen und mit den Armen in den weiten Ärmeln zu flattern und zu rudern. Das sah so komisch aus, daß der Junge unter Tränen lachen mußte. Im Gelächter des Jungen hüpfte der alte Mann die Straße hinunter, immer kleiner, immer ferner, bis er hinter den Pfeilern verschwand.

Schleichwege der Erinnerung

Im Traum gehe ich an einer Mauer entlang. Aus schwärzlichen Ziegeln erbaut, zwischen denen der Mörtel bröckelt, umschließt sie etwas, was ich nicht sehen soll. Beim Gehen quälen mich zwei Impulse, die einander ausschließen: Einer treibt mich, hochzuspringen und hinüberzuschauen, der andere drängt zum Weglaufen, weil der Aufenthalt an dieser Mauer verboten ist und schreckliche Folgen nach sich ziehen wird. Da beide Impulse gleich stark sind, kann ich keinem nachgeben. Nichts bleibt mir übrig, als geduckt wie ein Dieb an der Mauer entlangzuschleichen, die nie ihr Ende erreicht.

Beim Erwachen grüble ich dem Traum nach und suche Anknüpfungspunkte in der Erinnerung, aber je heftiger ich grüble, desto tiefer zieht er sich zurück. Wenn ich schließlich das Grübeln aufgebe und in den Tag steige, kommt es gelegentlich zu Blitzbegegnungen, die auf nicht faßbare Weise mit dem Traum zu tun haben: ein Durchblick, eine Anordnung von Gegenständen, ein Licht, eine Stimmung, ein Geruch... Ich weiß: das ist es! Aber sobald ich anfange zu fragen: was ist es?, schließt sich der Riß im Vorhang, als hätte es ihn nie gegeben.

Der Traum will etwas von mir. Er wartet dicht unter der Oberfläche meines Bewußtseins auf seine Chance, in meine Erinnerung einzudringen, aber meine Erinnerung läßt ihn nicht.

Inzwischen bin ich ziemlich sicher, daß die Mauer zu einem Gehöft gehört, welches ich in einer bestimmten Phase meines Lebens fast täglich gesehen habe. Seit ich das annehme, hat sich das traumhaft Verschwommene, Sichentziehende der Erinnerung bemächtigt; oder war sie immer schon so, und ich habe es nicht bemerkt, weil ich Jahrzehnte lang nicht an das Gehöft gedacht habe?

Es lag am Aufstieg zum Kreuzberg, dem letzten Buckel der Rheinhöhen, hinter dem sich das Flußtal nach Norden hin zur Kölner Bucht und der niederrheinischen Ebene öffnet. An seinem hohen Brettertor endete der Fahrweg, den ich als gelb und verschlammt, mit tiefen Rinnen vom herabschießenden Regenwasser in Erinnerung habe. Ich sehe mich laufen, über die Rinnen springen, eine wahnsinnige Ungeduld im Leib, als könnte ich nicht schnell genug die Stadt unter mir lassen. Aber wenn ich das Gehöft erreiche, die lange gebogene Mauer aus schwärzlichen Ziegeln, zwischen denen der Mörtel herausbröckelt, gerate ich unter den Zwang, mich zu ducken, das Gesicht an das schwach nach Karbolineum duftende Holz des Tores zu pressen. Ich will das nicht. Das Schleichen, Lauern, Sehenwollen ist eine Art Tribut, der

24

von mir gefordert wird, ehe ich in die freieren Regionen der Höhe, des weiteren Blicks, des größeren Himmels aufsteigen darf.

Zu jener Zeit in den letzten Kriegsjahren wohnten wir, meine vor kurzem verwitwete Mutter und ich, die jüngste Tochter, in einem Stadtteil von Bonn, den ich danach nie mehr betreten habe, weil wir dort auf eine erniedrigende und hilflose Weise unglücklich waren, eingesperrt in die unteren Räume eines bürgerlichen Einfamilienhauses aus der Gründerzeit, das zwischen ähnlichen Häusern und düsteren, mit Eisengittern bewehrten Vorgärten an einer tödlich ruhigen Wohnstraße lag. Die Fenster waren mit dichten Gardinen verhängt, so wollten es die Bewohner, meist pensionierte Beamte, die nichts weiter vom Leben verlangten als Ruhe. Nie, soweit ich mich erinnere, nie habe ich dort ein Kind gesehen.

Unser Hauswirt war ein katholischer Pfarrer im Ruhestand, der jede Lebensregung seiner Mieter als Störung empfand und uns sein Mißfallen durch unter die Tür geschobene, mit wütender Deutschschrift bekritzelte Zettel kundtat. Wenn er auf seinen Gesundheitsschuhen durch den Flur stampfte, duckten wir uns und flüsterten, die Köpfe dicht beieinander, von Maßnahmen, die wir gegen die Unterdrückung ergreifen wollten. Dann schrieb meine Mutter Briefe, die in höflichen Sätzen auf die Rechte zahlender Mieter hinwiesen. Eine Reaktion gab es nie. Möglich, daß sie die Briefe nie abgeschickt hat. Bei Fliegeralarm drückten wir uns schweigend in den Kellerwinkel, den er uns zwischen Möbeln, Kisten und Koffern übrigließ. Über dem niedrigen, mit Holzpfeilern abgestützten Raum tobten Sirenen, Flugzeugbrummen, Bombeneinschläge, aber schlimmer als alles, was draußen geschehen konnte, war die Bedrückung, die von dem schwarzen Mann im Liegestuhl ausging, das Mißtrauen, mit dem er seinen Besitz im Auge behielt, damit ihm nur nichts abhanden kommen könnte, die wortlose Gewalt, mit der er uns tiefer in unseren Mauerwinkel zurücktrieb. Vielleicht hätte er uns weniger gehaßt, wenn wir uns einmal richtig gewehrt hätten, aber dazu waren wir in dieser Zeit nicht imstande, meine Mutter von Trauer gelähmt, ich zu jung, mit Gedanken und Wünschen nur auf das Fortgehen gerichtet, fort aus diesem Haus, dieser Straße, aus der Stadt, aus der Schwermut, die uns nach dem Tod des Vaters befallen hatte.

Das war die düstere Landschaft, aus der sich der Kreuzberg erhob als Aussicht in eine Freiheit, die ich damals noch nicht haben, aber doch sehen konnte, wenn ich oberhalb des Gehöftes zwischen den spärlichen Bäumen aufwärts kletterte und über die Stufen des Kreuzweges zur Klosterkirche hinauf und auf das breite Plateau mit weitem Blick über das sich verbreiternde Rheintal, meist abends, wenn die Sonne im roten Dunst unterging. Dorthin, westwärts, sehnte ich mich, wo hinter den Eifelhöhen die Grenze lag, dahinter Belgien, Frankreich, Holland, das Meer...

Zwischen dieser Hoffnung und der Bedrückung des Hauses lag das Gehöft und das Schreckliche, das ich hinter der Mauer ahnte. Woher diese Ahnung kam, ob ich Stimmen gehört, Gerüche gerochen habe, weiß ich nicht mehr. Die Ritzen zwischen den Brettern des Tores waren zu schmal, um hindurchzuschauen, das Tor zu hoch, als daß ich hätte hinaufklettern können, aber vielleicht war es ja gar nicht verschlossen, vielleicht hätte ich es einfach zurückdrücken und hineinschauen können. Warum tat ich das nicht? Oder hab ich's versucht und einer hat mich vom Fenster herab angeschrien: Mach, daß du wegkommst, Mädchen!? Hat sich jemals das Tor geöffnet, um einen der schwarzen Wächter herauszulassen, die ich dahinter vermutete? Woher die Assoziation mit dem Zeitungsschaukasten auf dem Marktplatz, in den ich nicht hineinschauen durfte, weil die Bilder des dort ausgehängten ›Stürmer‹ gemein, unanständig, für Kinder nicht bestimmt seien?

Mit meiner Mutter habe ich nie über das Gehöft gesprochen, auch sonst mit keinem Menschen. Unerreichbar für Worte lag es auf dem Grunde meines Bewußtseins und hatte etwas mit Sünde zu tun.

Oder habe ich doch einmal einen Menschen gefragt, oder fragen wollen? Sobald ich mich diesem Teil meiner Erinnerung nähere, schießen mehrere, einander ausschließende Bilder ein von dem, was war oder gewesen sein könnte. Eines von ihnen zeigt eine alte Frau, die sich zwischen den Bäumen bergaufwärts entfernt. Ich laufe ihr nach, um zu fragen, wer in dem Gehöft wohnt oder gefangen gehalten wird, aber ehe ich sie erreiche, reißt die Erinnerung oder Einbildung ab. Übrig bleibt der schwarze Rücken, der sich entfernt, dem ich nachlaufe. Habe ich sie erreicht, überholt, aufgehalten? Habe ich sie gefragt? Hat sie geantwortet?

Oder bin ich genau da, wo die Erinnerung oder Einbildung abreißt, stehengeblieben, weil es mir plötzlich unmöglich war, nach einer Sache zu fragen, die so tief, so schuldhaft in mir verborgen war? Wenn ich also nicht gefragt und sie nicht geantwortet hätte, woher kommt mir die Stimme: Da haben sie Juden eingesperrt!

Bei meinem letzten Aufenthalt in Bonn habe ich den Kreuzberg meiner Erinnerung nicht mehr gefunden. Die Stadt hat sich über Hügel und Täler hinweg in die Ebene ausgebreitet, und das Gehöft, wenn es das einmal gegeben hat, ist niedergewalzt, begraben, versiegelt von Straßen und Eigenheimen. Nur in meinem Kopf zieht sich endlos die Mauer aus schwärzlichen Ziegeln, zwischen denen der Mörtel herausbröckelt, hebt sich das Brettertor, an das ich das Gesicht pressen muß, ob nicht hinter dem Geräusch meiner Atemzüge ein Klagen hörbar wird und hinter dem schwachen Geruch nach Karbolineum ein Geruch nach Menschenangst.

Vielleicht sollte ich bei meinem nächsten Besuch ins Stadtarchiv gehen und mir ältere Bilder vom Kreuzberg zeigen lassen, und wenn darauf tatsächlich das Gehöft zu sehen wäre, könnte ich fragen, wie es in den fraglichen Jahren genutzt wurde. Wenn dann die Auskunft »Notunterkünfte, Sammelstelle, Übergangslager« hieße, oder wie auch immer solche Einrichtungen in Stadtarchiven genannt werden, dann wüßte ich, daß die Schleichwege meiner Erinnerung einen realen Kern aussparen, aber warum sie das tun und was in dem Mädchen vorging, das ich einmal war, wüßte ich immer noch nicht.

Berlin-Bahnhof Zoo. Ich bleibe beim Koffer, warte. Werde ich sie wiedererkennen nach so vielen Jahren, Amélie, Freundin aus Kriegsjahren? Ist sie schon in der Nähe? Sucht sie mich mit den Augen wie ich sie? Vielleicht die Matrone mit der Einkaufstasche auf Rädern? Die Aufgeblondete mit dem in Schönheitsoperationen erstarrten Gesicht?

Bezaubernde Amélie – den Professoren verschlug es den Atem, wenn sie den Hörsaal betrat. Der Kunsthistoriker dachte an Fragonard, der Archäologe an hellenistische Vasenbilder. Was haben die Jahrzehnte mit Amélies Schönheit gemacht?

Weit weg, am anderen Ende der Halle tritt ein heller Streif aus dem grauen Gewimmel, nähert sich, wird Gestalt, grazil, aufrecht, anmutig Fuß vor Fuß setzend wie auf dem Laufsteg: tizianrote Wolke um das blasse Gesicht, schmales Kostüm aus Rohseide, locker-geschlungenes Seidentuch, türkis, das war ihre Farbe, ihre besondere Art von Eleganz, die wir französisch nannten, nach einem Frankreich, das wir nie gesehen hatten. Frankophil zu sein im Dritten Reich, den *Accent aigu* auf ihrem Vornamen gegen deutschtümelnde Angriffe zu verteidigen, das war ihre Reaktion auf die Gleichschaltung, ihr Widerstand gegen die braunen Proleten. Ein Schal, ein Gürtel, ein Hut, eine exotische Farbkombination, ein Hauch »Antilope« – so schwebte sie, Paradiesvogel im Einheitsgrau, durch die Bombenjahre, so hebt sie jetzt zum Zeichen des Wiedererkennens die Hand: Hallo ...

Fast fünf Jahrzehnte haben wir einander nicht gesehen, wovon sie mehr als die Hälfte an Mittelmeerküsten verbracht hat, unter werdenden und gewesenen Künstlern, in einer romantisch begonnenen, kläglich geendeten Ehe mit einem Dichter, der sich, wenn ich ihrem Brief glauben soll, kurz nach der Hochzeit in ein egoistisches Scheusal verwandelte. Katastrophen, Zusammenbrüche – ihr Gesicht verrät davon nichts. Ein wenig verwischt die präzisen Züge, ein Schatten Müdigkeit um die Augen, Mundwinkel leicht abgesenkt, resignativ? Beim Begrüßungslächeln verliert sich das.

Wir umarmen einander mit einer gewissen Vorsicht. Ein neuer Duft weht mich an. Ich nehme mir vor, sie nach ihrem Parfum zu fragen. Sie wird mich beraten, wie sie das früher getan hat: Das paßt zu dir und das nicht. So werden wir die Fremdheit überwinden.

Aber sie redet ja schon, macht Pläne für den kurzen Aufenthalt: Theater, Vernissagen, Ballett. Schleppende Stimme, gegen Satzende leicht angehoben, verschliffene Nasale, preziöse Gesten: Taxi bitte!

Ihre Wohnung hoch oben in einem weitläufigen Altbau: *sur les toits de Berlin.* Atelierraum mit riesigem Fenster in der Dachschräge, nichts als Himmel darin, grauer Berliner Himmel, gelegentlich Flugzeuge, deren Lärm ein rauschender Vivaldi verschluckt. Plaudernd schwebt sie mir voraus, öffnet Türen, hebt Gegenstände ins Licht, bringt Bilder zur Geltung, jedes Ding mit seiner Geschichte, jede Geschichte ein Rahmen, in dem Amélie sich darstellt, geheimnisvoll, flüchtig, kapriziös, einer fremden erlesenen Kultur zugehörig, die sich hier eine Insel geschaffen hat, ein *Pied-à-terre,* wenn man im siebten Stock von *terre* sprechen kann.

Südliches Licht aus verdeckten Beleuchtungskörpern verklärt das Entrée mit den weißen Türen in mittelmeerblauen Wänden. Orientalisch-üppig das Atelier, riesiges, fußhohes Lager, zu groß zum Alleinschlafen, dafür auch nicht gedacht, deutet sie an, läßt Liebhaber ahnen, zärtliche Nächte im Duft der Räucherkerzen, umgeben von exotischen Dingen, die Amélie von ihren alljährlichen Reisen mitbringt, Reisen, die mit denen der großen Masse nichts zu tun haben, betont sie. Wo schwitzende Touristen in Herden vorübergetrieben werden, knüpft sie Kontakte zu Eingeborenen, die sie ins Innerste der betreffenden Menschengemeinschaft geleiten. Weise Frauen lesen ihr aus der Hand, Priester weihen sie in magische Kulte ein, Südseekinder servieren auf Palmblättern unbekannte köstliche Früchte. Heimgekehrt kocht sie ihren Freunden geheimnisvolle Gerichte, deren Herkunft und Zusammensetzung geraten werden müssen, was allerdings wegen galoppierender Degeneration des Geschmackssinnes selten gelingt. Während Amélie-Scheherazade Geschichten erzählt, lagern die Gäste am Boden wie im alten Rom, was ihnen nicht schwerfällt, weil sie alle jung und gelenkig sind und natürlich begabt: Dichter, Musiker, Maler, außerdem Kindsköpfe, denen Amélie beibringen muß, was Kultur ist. Ein Salon schwebt ihr vor, in dem unter der sanften Regie kluger Frauen Kunst und Geist einander begegnen.

Auch im Krieg hat Amélie Essen gegeben: Magermilchpudding, Trockengemüse, auf dem rauchenden Eisenofen gekocht, auf ererbtem Rosenthal serviert. Draußen Sirenen, Flugzeuggebrumm, Bombeneinschläge, drinnen *Bâteau Ivre, Les Fleurs du Mal.* Den Rest aus den Gläsern gossen wir auf die Herdplatte: *Le reste pour les Dieux!*

Sie läßt Wasser in die Badewanne, streut duftendes Salz, Handtücher, Kimono, alles bereit, Schönheitsmittel altarartig aufgebaut, von Spiegeln reflektiert. Aus der Musikanlage, *a cappella* gesungen, Monteverdi: *Lasciate mi morire* – sorgfältig ausgesucht, um die Erinnerung anzustoßen: Wie wir, musikberauschte Studenten, bei Vollmond von der Marburger Schloßterrasse hinab Monteverdi gesungen haben, für wenige Stunden dem Krieg entronnen, der uns dann doch wieder eingeholt und beschädigt hat, jeden von uns. Nur Amélie ist die gleiche geblieben, überzarte, von chronischem Asthma geplagte Person, die schon damals das Leben zu roh, zu häßlich fand und jung – in Schönheit – sterben wollte. Durch den Türspalt sehe ich sie an der Ballettstange, Fuß hoch, Stirn am gestreckten Knie, schmaler, sichelförmig gebeugter Rücken. Irgendwo in diesem fragilen Körper muß eine Stahlfeder verborgen sein, eine Kraft, ein Wille, ein unverwüstlicher Stil.

Später kommen Gäste, Amélies junge Freunde, hübsch anzusehen mit schmalen Hüften und kleinen Hintern in engen Jeans, wohlerzogen, sensibel, alle irgendwie künstlerisch tätig. Wir stehen in der Küche herum, trinken trockenen Sherry, während Amélie die Tapis richtet und dazu Geschichten aus dem spanischen Nachtleben erzählt. Einmal, ganz kurz, verstummt sie, hebt lauschend den Kopf: Ging da nicht eine Tür?

Der Erwartete kommt spät, mit eigenem Schlüssel, wir sind schon beim Essen. Amélie lächelt ihm zu, ohne ihr Geplauder zu unterbrechen. Er ist hier zuhause, weiß, wo Teller und Gläser stehen, legt sich selbst das Gedeck auf, holt den richtigen Wein, gießt von der richtigen Seite ein – ein schöner Junge, glänzendes Schwarzhaar, braune Brust mit Goldkettchen im weißen offenen Hemd, biegsam, schmiegsam, beredsam, ein Hochbegabter auch er, malt, zeichnet, Amélie wird ihm eine Ausstellung arrangieren. Zum Nachtisch dekoriert er Früchte in einer Schale und reicht sie der Gastgeberin mit einer Andeutung von Kniefall.

In meiner Erinnerung rührt sich etwas, noch fern, verschwommen. Mit einem langen Schluck Rotwein hole ich es zurück: ein Garten im Tessin, Blütendüfte, Zikadengezirp, Gäste verstreut in der Dämmerung zwischen Büschen und Beeten. Ein Knabe im griechischen Gewand füllt, zwischen Lichtkreis und Dunkelheit huschend, die Rotweingläser nach. Auch uns gießt er ein, den Haustöchtern aus dem kaputten Deutschland, die nun, da die Küche gemacht, die Kinder zu Bett gebracht sind, zwischen den Gästen sitzen, ein wenig tiefer im Schatten, damit die windigen Fähnchen aus Fallschirmseide nicht allzu deutlich in Erscheinung treten.

An einem Tisch vor der steinernen Hauswand, im milden Schein einer Petroleumlampe, findet eine Dichterlesung statt. Deutsche Dichter, aus Deutschland vertrieben, nun hier gelandet oder gestrandet, lesen Verse im Stefan-George-Stil, kostbare Worte, Bilder mit Edelsteinglanz und -härte. Verstohlen schau ich mich um, sehe verklärte Gesichter, und schäme mich, daß ich nicht hören kann, was sie hören.

Sieht man mir an, wo ich herkomme? Trage ich das Zeichen der Barbarei? Das andere Deutschland, das die Dichter im Reisegepäck mit sich tragen, ist nicht meins, die Sprache fremder als Fremdsprache in meinen, vom Vernichtungslärm dröhnenden Ohren. Laß uns gehen, flüstere ich Amélie zu, was hier gespielt wird, können wir nicht mitspielen.

Aber sie hört mich nicht, schläft, tief versunken im Blätterschatten, die Hände im Fell der Katze auf ihrem Bauch, so arglos heimisch, als sei sie immer hiergewesen, in diesem von Mauern umgebenen Garten mit Blütenbüschen, bemoosten Statuen, schwärmenden Dichtern, die sich nun, von Insekten umschwirrt, unter der Petroleumlampe abwechseln und als letzten den jungen Mundschenk auf den Dichtersitz nötigen, wo er errötend, mit brüchiger Knabenstimme ein Liebesgedicht vorträgt: An die flüchtige Daphne... Die Gäste erzittern im Sternstundenhauch. Ergriffene Stille, nachdem er geendet hat und berauscht vom Klang der eigenen Stimme, den entflohenen Worten nachlauscht. Dann steht er auf, streift sich den Traum von der Stirn, rafft das weiße Gewand und trägt das Blatt edlen Papiers, auf dem in zierlicher Handschrift die Verse geschrieben sind, wie den heiligen Gral vor sich her in den Garten hinein: Wen sucht er? Wer ist die Auserwählte?

Ich sehe Amélies Wimpern zucken und weiß

jetzt, daß sie nicht schläft, sondern das Spiel spielt, das mit dem Suchen des Dichters und den Blicken, die ihn begleiten, ihr, Amélies, Spiel wird und der Garten ihre Bühne, auf der sie, mit geschlossenen Augen, wie die Regie es befiehlt, ihr Stichwort erwartet, um im richtigen Moment die Augen aufzuschlagen und in der richtigen Haltung, erst traumverloren, dann erschrocken zurückweichend, dann zögernd sich neigend, das Blatt in Empfang zu nehmen, das der Dichter ihr kniebeugend überreicht: Für dich, holde Daphne!

Die gleichen Gesten, das gleiche Spiel Anbetung-Erhörung, Jahrzehnte dazwischen, Triumphe, Niederlagen, Fluchten, und da ist er wieder, unversehrt, alterslos: der junge Künstler, das hoffnungsvolle Talent – das egoistische Scheusal –, das alte Spiel mit kleinen Abweichungen, Früchte statt Gedicht, Maler statt Dichter, Boudoir statt Garten, etwas banaler das Publikum, etwas welker die Hand, die die Schale entgegennimmt, etwas mehr ironische Übertreibung in der Reverenz, etwas näher die Grenze zur Lächerlichkeit. Das entgeht ihr nicht. Blitzschnell schreibt sie das Textbuch um, löscht alle Zärtlichkeit aus ihrem Blick und nimmt die Miene liebenswürdiger Herablassung an, mit der sie Kellner und Zimmermädchen für Extradienste gewinnt. Schon immer habe sie sich einen Butler gewünscht und ob er vielleicht so freundlich sein wolle, den Mocca zu servieren, auf dem

Balkon bittesehr, zu Ehren der Hibiskusblüte, die, wie man weiß, nur wenige Stunden lebt, dazu Musik, Debussy, Ravel...

Er gibt ihr einen schrägen Blick durchs Wimperngefieder, dann hebt er bedauernd die Schulter: Ein anderes Mal gern, aber heute kann er nicht bleiben!

Das steht nicht im Text. Ein Augenblick Panik. Die Hand mit dem Obstmesser zittert. Und nun sehe ich etwas, was sie nicht sieht, weil es hinter ihrem Rücken geschieht, sehe mit einem spitzen eisigen Schmerz in der Brust, wie der Maler seinen Freunden einen Komplizenblick zuwirft – kurzes Aufblitzen unter hochgezogener Braue, spöttisch, anzüglich, gemein.

Der Mocca wird nun doch am Tisch genommen. Gleich danach verabschieden sich die Gäste, vielleicht vertrieben von meiner grimmigen Miene. Amélie entläßt sie heiter, auch den Maler ohne Vorwurf, ohne Verabredung. Stolz war sie immer, vorsichtig mit Gefühlen, auf Contenance bedacht in den schwierigsten Situationen. Aber als sie vor mir her den Gang hinuntergeht, ist ihr Rücken gebeugt, sind die Schultern nach vorn gesunken. Danach bleibt sie lange im Bad.

Der Himmel über dem Balkon ist noch hell, blaßblau, türkis, zum Westen hin Violett verlaufend. In der Straßenschlucht brandet der Verkehr. Wir liegen in tiefen Sesseln, das Gesicht der welkenden Hibiskusblüte zugewandt. Jetzt, weiß ich, sollte ich etwas Poetisches sagen, über ihr Leben, ihr Wohnen, ihren Stil. Daß ich sie bewundere, wie ich sie immer bewundert habe. Daß ich sein möchte wie sie, was natürlich nicht möglich ist. – Wenn ich nur den Blick vergessen könnte, das infame Aufblitzen, das auf den schönen Dingen einen giftigen Schimmer zurückgelassen hat. Sieht sie das nicht, Amélie, so zart, so flüchtig, wie hingeweht in den Kissen. Man muß sie schützen.

Schick den Jungen weg, er ist falsch, sage ich und kneife Augen und Zähne zusammen in Erwartung des Ungewitters, das über mich hereinbrechen wird – glühende Empörung, eisige Zurückweisung – sie kann vernichtend sein, wenn sie zornig ist.

Aber nichts geschieht. Kein Muskel bewegt sich in ihrem Gesicht, das gelöst, Augen weit aufgeschlagen zum Himmel, daliegt, ein Lächeln in den Mundwinkeln, wahrscheinlich Spott oder Melancholie? oder Trauer? Allmählich dämmert mir, daß ich mich zum Narren gemacht habe. Sie braucht meine Warnung nicht. Was ich fürchte, ist längst überstanden, der Kampf ausgekämpft, die Entscheidung gefallen, gegen die Wirklichkeit, für das Spiel.

Später, Debussy ist abgelaufen, der Himmel erloschen, ihr Gesicht nur noch ein blasser Schein in der Dämmerung, sagt sie, als wäre meine längst verklungene Stimme erst jetzt in ihr Ohr gedrungen: Irgendwann geh ich weit fort wie Gauguin und komme nicht mehr zurück...

Danach sind wieder Jahre vergangen, in denen wir uns nicht gesehen, nicht geschrieben haben, aber letztes Jahr Weihnachten ist eine Karte gekommen, auf der Gauguins Maorifrauen abgebildet waren, und auf der Rückseite standen ein paar Zeilen in Amélies dünner fliehender Schrift:

L'air était empregné d'une amoureuse rage;
Les insects volaient à la lampe et nul vent
ne faisait tressaillir le rideau ni l'auvent.
C'était une nuit chaude, un vrai bain de
jouvence ...

Ich sehe meine Freundin unter Palmen einen weißen Strand entlanggehen, die nackten Füße im Schaum auslaufender Wellen, Haare vom Wind gebauscht, immer weiter weg, immer durchsichtiger, bis nichts mehr bleibt als die Spiegelungen der Hitze über dem Sand. Adieu, Amélie, daß keiner sie zurückruft. Der Rest für die Götter.

Bootsfahrt mit Damen

An einem sonnigen Samstag im Juli 1990 fuhren zwei alte Damen und ein junger Mann in südöstlicher Richtung aus Berlin heraus Richtung Spreewald. Für die Damen war es das erste Mal, daß sie über die Grenze fuhren, die noch vor kurzem Mauer gewesen war. Nun rollten sie einfach darüber hinweg und ins östliche Land hinein wie ins eigene, freudig erregt in Erwartung des ganz anderen, das ihnen vielleicht begegnen würde, und Alice, die in Berlin wohnte, konnte sich gar nicht genug wundern, daß sie in all den Jahren nicht einmal den Versuch unternommen hatte, einen Blick auf diese reizvolle Landschaft und in das Leben der dort ansässigen Menschen zu werfen, die ja schließlich auch Deutsche waren, wenn auch durch ein unsympathisches System vom gemeinsamen Deutschsein abgespalten und entfremdet.

Sie war es, die die Idee gehabt hatte, den jungen Mann mitzunehmen, einmal, weil er aus dieser Gegend stammte und sich deshalb, wie sie meinte, in den Sitten und Gebräuchen der Menschen von drüben auskennen müßte, zum anderen, weil sie hoffte, mit ihm, der seit einer Woche rasch und geschickt, aber stumm wie ein Fisch die Wände ihrer Atelierwohnung in Friedenau tapezierte, in

ein lockeres, wohlmeinendes, quasi freundschaft-
liches Gespräch zu kommen. Ein dritter Grund
mochte gewesen sein, daß sie ihn nicht allein in
ihren mit kostbaren Gegenständen ausgestatteten
Räumen lassen wollte, aber das sagte sie natürlich
nicht.

Nun saß sie also fröhlich dahinplaudernd neben
ihrer Kindheitsfreundin Elsa, emeritierte Lehrerin
für alte Sprachen und Geschichte, immer noch
hübsch, Alice, von zarter Gestalt, elegant in sorgfältig aufeinander abgestimmten Farben, ein
Hauch von Seidentuch um den Hals geknüpft, das
wie ein Fähnchen im Fahrtwind flatterte, auf den
Knien einen maisfarbenen Strohhut mit breitem
geschwungenem Rand. Am Steuer sehr aufrecht
Elsa, ein paar Jahre jünger, aber älter aussehend,
das gebräunte, faltige Gesicht unverwandt nach
vorn gerichtet, die hagere Gestalt wandermäßig
ausgerüstet mit Bundhosen, kariertem Hemd, der-
ben Schuhen, einen Witz von amerikanischer
Schirmkappe auf dem kurzgeschnittenen Grauhaar. Hinter ihnen, schmal und blaß, das blonde
Haar sauber gescheitelt, der junge Mann, den
Alice Georg nannte.

Ihnen- entgegen kam ein ununterbrochener
Strom von Trabbis, die dorthin strebten, woher sie
kamen – Westberlin, Bilka, Aldi, Karstadt, Hertie.
Kaum Fußgänger auf dem Kopfsteinpflaster der
Städtchen und Dörfer, nur dieser stinkende Strom

hindurch und weiter wie an Fäden gezogen, kein Blick auf die am Straßenrand aufgebauten Verkaufsstände für Gemüse, Geflügel, Eier zu Spottpreisen, Augen starr auf das Wunschziel gerichtet, rumpelten sie erbarmungslos durch die Schlaglöcher, als könnten sie die Kiste nicht schnell genug auf den Schrott fahren, um eines von den Westautos zu kaufen, die unter züngelnden Wimpelketten im Feld aufgebaut waren: Aufgemotzte Chaisen, Benzinfresser, Abgasspucker, Schrottkisten, murrte Elsa und erregte sich über westliche Halsabschneider und östliche Schafsköpfe, wie die auf jeden miesen Trick hereinfallen, als ob die Möhren aus Holland weniger verseucht wären als das, was hier aus der Erde kommt, aber nein, die kaufen nur West, die ruinieren die eigene Volkswirtschaft. Alice respondierte mit entsetzten Ausrufen über die grauen Komplexe der LPGs, die sie »Architektur der Menschenverachtung« nannte. Warum war nur alles, was dieser Staat an Bauten und Gegenständen hervorgebracht hatte, so unaussprechlich häßlich und spießig und kleinkariert, während doch die alten Städtchen immer noch, trotz des miserablen Bauzustandes, ein Flair von heiler Welt bewahrt hatten. Vor einem alten Garten, der hinter Bäumen und Büschen eine Villa von herrschaftlichen Ausmaßen ahnen ließ, mußte Elsa anhalten, damit Alice das Objekt näher anschauen und Überlegungen anstellen konnte, was man daraus machen könnte, irgend etwas mit Kultur, vielleicht eine Galerie, sie wollte mit ihrem Makler darüber reden.

Elsa konnte bei solchen Plänen nicht mitreden, weil ihre Pension keine großen Sprünge erlaubte. Mit ironischen Seitenblicken mockierte sie sich über das Flair von heiler Welt, das nichts sei als illusionäres Phantasiegebilde, denn heile Welt gäbe es nicht mehr, weder im Osten noch im Westen. Sie holte zu einem historischen Exkurs aus, den Alice mit leidendem Augenaufschlag über sich ergehen ließ, um bei der ersten Gelegenheit zu betonen, daß sie, Alice, ein Mensch des Augenblicks sei, der spontanen Eindrücke und subjektiven Stimmungen, denen sie sich mit offenen Sinnen hingebe, statt, wie Elsa, historische und politische Bedingungen zu rekonstruieren. So waren wieder einmal die Positionen geklärt, die Bilder erhärtet, die sie voneinander haben wollten: die Intellektuelle – die Emotionale, und da dazu eigentlich nichts mehr zu sagen war, erinnerten sie sich an den jungen Mann im Fond und warfen freundliche Fragen über die Schulter nach hinten. Elsa interessierte sich für das östliche Bildungssystem, in dem sie lobenswerte Ansätze entdeckte, aber dann doch das Wichtigste vermißte, nämlich die Demokratie; Alice wollte Persönliches wissen: ob er darunter gelitten habe, nicht ins Ausland reisen zu können, wie er die Wende erlebt habe und was das für ihn gewesen sei – der erste Ausflug in den Goldenen Westen. Die Antworten kamen zögernd und spärlich. Im Rückspiegel sah Elsa, daß der Befragte die Augen geschlossen hatte.

Hinter den letzten Häusern des Städtchens bogen sie in einen Seitenweg ein, und nach der ersten Wiesenwelle brach der Verkehrslärm ab. Durch das offene Fenster wehte wäßrige Frische. Wasser war nicht zu sehen, aber sie spürten seinen sanften Sog, der nach einer anderen Art der Fortbewegung verlangte – leiser, gemächlicher, sensibler für die kleinen langsamen Reize. Alice erinnerte sich an Fotos, auf denen lange flache Kähne mit Stangen durch dunkle Gewässer gestakt wurden. Gab es solche Kähne noch, oder hatte der Sozialismus auch dieses romantische Requisit verschlungen?

Nach langem Herumfahren entdeckten sie ein handgemaltes Schild: Bootsverleih. Kein Kahn, aber immerhin ein Paddelboot lag aufgebockt vor der offenen Tür eines Schuppens. Ein junger Mann war mit dem Dichten der Fugen beschäftigt. Etwas weiter weg stand ein kleines, unfertiges, aus vielerlei Materialien häßlich zusammengestoppeltes Haus. Als Elsa den Wagen zum Stehen brachte, trat eine junge Frau vor die Schuppentür und rief dem Mann etwas zu. Er richtete sich auf und kam ihnen entgegen, sonnengebleichtes Haar, Sommersprossen auf der kecken Nase, heller Blick aus schmalen, von strahligen Fältchen umgebenen Augen. Die Frau war in der Schuppentür stehengeblieben und beobachtete, Hand über den Augen, wie er mit großartiger Geste Haus, Boot und Schuppen vorstellte. Alles Privatinitiative! sagte er stolz. Noch seien sie beide in der LPG beschäftigt, aber damit könne jeden Tag Schluß sein. Man müsse an die Zukunft denken. Der Verleih der siebzehn Boote, die er inzwischen erworben und hergerichtet habe, laufe nicht glänzend, aber wenn erst der Westtourismus einsetze... dabei schaute er dorthin, wo hinter der Wiesenwelle die Straße verlief, als sähe er im Geiste die Blechkolonnen mit wohlhabenden Westlern anrollen, eine Vorstellung, bei der Elsa und Alice auf die gleiche gequälte Weise die Lippen verzogen. Ob sie das Haus anschauen wollten, fragte der junge Mann, der das Lächeln der Damen als Zeichen der Zustimmung deutete. Jahrelang hätten sie nach Feierabend an diesem Haus herumgebaut. Das Schwierigste sei die Materialbeschaffung gewesen, jeden Stein mußte man organisieren, und ein bißchen schön fürs Auge sollte es doch auch sein, nicht wahr?

Verlegen schauten die beiden Damen an ihm vorbei, als er von Schönheit sprach. Die Besichtigung wollten sie lieber auf später verschieben, nach der Bootsfahrt. Sie verleihen Ihre Boote zu billig! sagte Alice streng. Zwei Mark pro Stunde, damit kommen Sie nie auf einen grünen Zweig.

Mit einem Zwinkern signalisierte sie Elsa, daß heute ihr spendabler Tag sei: Privatinitiative muß belohnt werden!, und ging zum Auto, um ihren Geldbeutel zu holen. Auf dem Rückweg brachte sie Georg mit, den Arm mütterlich um seine eckigen Schultern gelegt. Wenn die Sache läuft, könnten Sie vielleicht einen Mitarbeiter gebrauchen, sagte sie zu dem Bootsverleiher und zu Georg mit einem aufmunternden Klaps auf die Schulter: na, wie wär's?

Die Männer sahen sich an und gleich wieder weg, auf beiden Gesichtern der gleiche Ausdruck von Mißmut und Widerwillen, den Alice in ihrer Begeisterung für das Knüpfen förderlicher Kontakte nicht bemerkte. Elsa wandte sich ab. Gehn wir! sagte sie zu dem Bootsverleiher.

Er nahm die Paddel und ging den Damen voraus auf einem Fußweg ins Grüne hinein. Immer noch war kein Wasser zu sehen. Vor einer Zeile Weidengebüsch lagen die Boote im Gras, sechzehn Stück, das siebzehnte in Reparatur, also noch keines unterwegs. Ist ja noch früh, sagte er mit einem Blick zum Himmel, als wollte er sich von dort Bestätigung holen, daß der Tag noch jung und voller Hoffnung sei. Mit einer gewissen Feierlichkeit überreichte er den Damen eine Karte in Zellophanhülle, die mit einem dichten Netz schwarzer Linien von verschiedener Dicke überzogen war: Spreearme, Spreekanäle, Spreeseen, die das Land in ein Geklecker von Inseln und Halbinseln zerteilten. Auf eine der dickeren Linien setzte er den Zeigefinger: Hier entlang sollten sie fahren, eventuell bis zur Schleuse. Dort sollten sie den Schleusenwärter rufen und seinen Anweisungen folgen. Auf keinen Fall sollten sie vom Hauptlauf abweichen. Die Windungen der Seitenkanäle verwirrten den Orientierungssinn. Es käme immer wieder vor, daß Fremde sich darin verirrten. Man müsse schon eine Weile hier herumfahren, um die Schrift der Wasseradern lesen zu können. Der Ausdruck Schrift der Wasseradern faszinierte Alice, weil er in ihr die Vorstellung eines Geheimcodes mit verborgener, vielleicht magischer Bedeutung weckte. Vielleicht kann Georg uns helfen, sie zu entziffern, sagte sie und bemerkte umschauend, daß der junge Mann gar nicht mitgekommen war.

Einfach obengeblieben, ohne ein Wort, murrte sie und schob die Unterlippe vor wie ein kleines Mädchen, dem man eine Süßigkeit weggenommen hat.

Vielleicht findet er eine Kahnpartie mit zwei alten Weibern nicht besonders attraktiv, sagte Elsa.

Alice wandte sich ab und zog den Strohhut tiefer in die Stirn, so daß der Schatten wie ein zarter Schleier über ihr Gesicht fiel. Ohne auf Elsa zu warten, ging sie dem Mann nach, der das Boot durch eine Lücke zwischen den Weiden zum Ufer trug. Elsa kam mit den Paddeln hinterher.

Nun sahen sie endlich das Wasser, still und dunkel zwischen grünen Ufern. Das fließt ja gar nicht, sagte Alice, in welche Richtung sollen wir fahren?

Das merken Sie schon! Der Mann hielt das Boot, während sie einstiegen und sich zurechtsetzten, Alice vorn, Elsa hinten. Mit den Paddeln stießen sie sich vom Steg ab, lagen quer, warteten. Langsam, langsam wendete sich die Spitze, nahm eine Richtung, schmiegte sich in eine Strömung, so sanft, daß sie sie erst wahrnahmen, als das Weidengebüsch entglitt. Haus und Schuppen, die Weiden, der Weg, auf dem der Mann sich entfernte, versanken in den grünen Wellen. Bald war nichts mehr zu sehen, was an Menschen erinnerte, nur der himmelspiegelnde Wasserlauf zwischen grasigen Böschungen mit Auengehölz, überhängenden Weiden, verschilften Abzweigungen, überwölbt von einem blassen, im Dunst sich verlierenden Himmel.

Mit kräftigen Paddelschlägen trieben sie das Boot voran, und in jeder Windung beugten sie sich vor, um zu sehen, was sich an Neuem dahinter eröffne, aber es war immer das Gleiche – Wiesen, Auengehölz, Schilf, nichts, woran das Auge sich festhalten, der Kopf sich erinnern konnte. Allmählich erlosch der Wunsch, voranzukommen und Neues zu sehen. Mit dem Gefühl eines sanften, ununterbrochenen Langsamerwerdens glitten sie durchs Immergleiche und tauchten die Paddel behutsamer ein, immer länger die Pausen dazwischen, immer leiser die Stimmen, bis sie in der mächtigen, von Insektengeräuschen aufgerauhten Stille untergingen.

Erst als das Schleusentor vor ihnen auftauchte, kam ihnen zum Bewußtsein, daß sie schon ein gutes Stück zurückgelegt hatten. Die Sonne war indessen auf ihren höchsten Punkt gestiegen. Mittagshitze war über ihnen wie eine glühende Glocke.

Eine Weile warteten sie am Steg, daß der Schleusenwärter sich bequeme, das Tor zu öffnen, um sie in die Kammer zu lassen. Dann, als nichts sich rührte in dem kleinen Haus oberhalb des Steges, ging Elsa ein Stück den Pfad hinauf und entdeckte das Schild: Komme gleich wieder.

Schlamperei! murmelte sie, als sie sich wieder ins Boot setzte, aber eigentlich war sie ganz froh, daß es ihr erspart blieb, eingesperrt in eine enge Kammer in die Tiefe zu sinken und ganz woanders wieder herauszukommen wie die beiden Schwestern Marie nach dem Sprung durch den Brunnen. Schon als Kind war ihr Frau Holles Wiese mit den sprechenden Äpfeln und Broten unheimlich gewesen – eine Unterwelt mit falscher Sonne und falschem Himmel und einer Frau, die für die eine Marie eine Fee und für die andere eine Hexe war.

Laß uns zurückfahren. Die Sonne macht einen ganz dumm, sagte sie, und Alice blinzelte zum Himmel hinauf und sagte: Mittag, die Stunde des ziegenfüßigen Pan.

Sie ließen den Steg los, das Boot glitt zur Mitte und drehte sich sanft im Kreise, bis es, einem unsichtbaren Sog folgend, in die verschilfte Mündung eines Seitenlaufes eindrang.

Wir sollten nicht abweichen, sagte Elsa, aber schon schlugen die hohen Halme über ihnen zusammen, und sie mußten die Paddel einziehen, damit sie nicht im Schilf steckenblieben. Mit den Armen die Halme teilend, glitten sie in eine sonnenfleckige Dämmerung und weiter zwischen hohen Wänden wie auf dem Grund eines Schachtes ins Dunkle hinein.

Nun, da sie ganz vom Himmel abgeschieden waren, trat ein verstohlenes Schimmern und Blinken von der Seite her in ihr Blickfeld und begleitete sie, manchmal vom Schilf verdeckt, dann wieder in Lücken aufleuchtend, als gäbe es dort, neben ihnen, ein größeres Wasser. Ein See! rief Alice, da können wir wenden, und Elsa hörte am Sehnsuchtston ihrer Stimme, daß es ihr nicht ums Wenden ging, sondern um das stille, weltabgeschiedene, von unterirdischen Quellen gespeiste Gewässer, das in ihren Träumen war, seit ihre esoterischen Freundinnen ihr eingeredet hatten, sie habe in einem früheren Leben als Fisch in einem solchen Gewässer gespielt. Elsa mochte die esoterischen Freundinnen nicht. Das Gelaber von Pendeln, Rutengehen, Frauenzyklen, vorgeburtlichen Träumen war ihr in der Seele zuwider, und nun, in dieser verworrenen Situation, machte es ihr Angst. Spinn doch nicht so! sagte sie ärgerlich. Alice bewegte die Schultern, als wolle sie etwas abschütteln, dann teilte sie mit dem Paddel das Schilf in Richtung auf das Schimmernde, Blinkende und legte dabei einen noch schmaleren Wasserpfad frei, der direkt dorthin zu führen schien. Wie von selbst glitt das Boot hinein, aber im Weiterfahren schoben sich die Halme über das Blinken wie viele hintereinandergestaffelte Vorhänge. Statt ins Freie gerieten sie in einen schwarzen glucksenden Tümpel, aus dem mehrere Wasserpfade weiter ins Dunkle gingen.

Hier war das Wasser ganz still. Zäh fielen die Tropfen vom Paddel und schrieben kleine Dellen in die blanke Fläche, ehe sie eindrangen und Ringe erzeugten, die langsam in die Breite wuchsen, über das gespiegelte Dickicht hinweg, in dem, wie aus der Tiefe aufgestiegen, ihre Gesichter schwammen.

Schau uns an, wie schön wir sind, wie jung, sagte Alice mit ihrer Traumstimme, und Elsa sagte: Wir müssen hier raus, den gleichen Weg, den wir gekommen sind.

Wo sind wir denn hergekommen? sagte Alice.

Elsa hob das Paddel, das schwer wie Eisen in ihrer Hand war, und wies damit in einen der Wasserpfade hinein. Von dort, sagte sie.

Wenn wir uns aber gedreht haben, sagte Alice.

Elsa ließ das Paddel sinken und suchte mit den Augen rundum nach Spuren und Zeichen, daß sie dort gefahren waren oder dort oder dort, bemühte sich auch, die Richtung der Strömung zu erkennen, die sie hierher getragen hatte, aber das Wasser bewegte sich nicht, und die Pfade sahen alle gleich fremd und unberührt aus. Nun war es ihr plötzlich auch so, als hätten sie sich gedreht und drehten sich immer noch bis in ihren Kopf hinein.

Weißt du noch, wie ich dir eingeredet habe, ich könnte mir einen Fischschwanz machen, sagte Alice. Ich preßte die Beine ganz fest aneinander, als seien sie zusammengewachsen, und schwänzelte so, mich drehend und windend, auftauchend abtauchend im Wasser herum. Du hast es geglaubt! Du hast sogar Schuppen an meinem Körper gesehen.

Davon weiß ich nichts, sagte Elsa. Da muß ich noch sehr klein und dumm gewesen sein.

Du hattest Angst vor dem Wasser, sagte Alice. Du standest zitternd am Ufer, während ich davonschwamm.

Weil du so leicht warst, mußte ich immer die Schwere sein, sagte Elsa.

Und dafür hast du mich gehaßt, sagte Alice.

Wir müssen hier raus, sagte Elsa. Du weißt, was der Mann gesagt hat. Sie tauchte den Arm tiefer ein, um irgendeine Art von Strömung zu ertasten. Lau und dicklich schmeichelte das Wasser zwischen ihren Fingern, als wollte es ihre Hand ergreifen und sie hinabziehen ins Kühle, Dunkle. Lethe, dachte sie, Vergessen, und sah, wie Alice sich tiefer über ihr Spiegelbild neigte, und das Boot neigte sich mit ihr, langsam sank der Bootsrand der Wasserfläche entgegen. Elsa fühlte das Kippen voraus, und etwas in ihr flüsterte: Laß doch kippen! Aber als Wasser über den Rand ins Boot schlug, schoß eine Stichflamme Panik in ihr hoch und preßte eine fremde schreckliche Stimme aus ihrem Mund. Du willst uns umbringen, schrie sie und holte mit dem Paddel aus, als wollte sie die andere aus dem Boot fegen. Alice fuhr herum und sah sie an unter dem Paddel, das zitternd in der Luft stehen blieb, während ihre Blicke ineinander tauchten bis auf den Grund. Dann klatschte das Paddel ins Wasser, Tropfen sprühten über sie hin. Wie die Verrückten fingen sie an zu paddeln, kämpften sich in einen der Wasserpfade und weiter, mit den Paddeln um sich dreschend und stoßend in einer Raserei, die völlig unnötig war, denn nichts hielt sie auf, die schwankenden Halme teilten sich bereitwillig, um sie durchzulassen, und es war auch gar nicht weit, vielleicht nur wenige Meter, wenige Minuten, daß es um sie heller wurde und das grüne Tor sich auftat. Immer noch frenetisch paddelnd, schossen sie wie ein Pfeil in den goldenen Mittag, und alles war genauso wie vorher, nur sie waren verwüstet, nicht nur Kleider und Haare, auch die Gesichter immer noch aufgerissen von Angst und Haß, so daß sie nicht wagten, einander anzusehen, sondern ohne Aufenthalt und ohne nach Alices verlorenem Strohhut zu schauen, weiterpaddelten, den Weg, den sie gekommen waren, zurück, wortlos. Nur einmal sagte Elsa: Entschuldige bitte! Aber Alice tat, als hörte sie nicht. Ist schon beim Vergessen, dachte Elsa bitter, oder macht eine amüsante Geschichte daraus, mit der sie abends am Kamin ihre Freunde unterhält. Ich will das nicht mehr, dachte sie. Was ist das für eine Freundschaft, in der nie etwas ausgesprochen wird, was die Bilder stören könnte, in denen wir uns einander zeigen oder verheimlichen wollen.

Sie sah Alice ihr Haar ordnen und die Bluse zurechtzupfen und wußte, daß sie gleich anfangen würde zu plaudern, leicht und kühl über den Schrecken hinweg wie der Fisch über dem dunklen Grund. Ich will das nicht mehr, dachte sie.

Inzwischen war der Bootssteg in Sicht gekommen, und Alice erinnerte sich an die Enttäuschung mit dem jungen Mann, mit dem sie es doch so gut gemeint hatte. Glücklicherweise sei sie nicht der nachtragende Typ. Man müsse den verwirrten jungen Leuten helfen, sich in den veränderten Umständen zurechtzufinden, und nun wolle sie alles vergessen und einen netten Abend gemeinsam verbringen, in irgendeinem gemütlichen Dorfkrug vielleicht mit Biergarten zum Draußensitzen und Wein von der Saale und kein Wort Kritik über Qualität und Service, sondern ein wirklich gutes einfühlsames Gespräch.

Schon entwarf sie das Menü, möglichst Fisch, das muß es doch geben in dieser wäßrigen Gegend, und etwas Süßes zum Nachtisch, das mögen die jungen Leute, und als sie zum dritten Mal sagte, daß sie es gut meine und gut gemeint hätte und weiterhin gut meinen würde mit ihm und dem Bootsverleiher, der ein reichliches Trinkgeld erhalten werde, konnte Elsa nicht mehr an sich halten und sagte in ihrem strengsten Lehrerinnenton, ob es Alice noch nicht aufgefallen sei, daß das »Es-gut-mit-anderen-Meinen« in den meisten Fällen Heuchelei sei, Tarnung für die Herrschaftsgelüste gewisser Leute, die felsenfest überzeugt seien, daß sie wüßten, was gut für den anderen sei, und der andere, dieser blöde Trottel, wisse das nicht. So dürfe man nicht mit Menschen umgehen, und wenn Alice einmal im Leben versuchen würde, ehrlich mit sich selbst zu sein, müsse sie einsehen, daß auch hinter ihrem eigenen »Es-gut-Meinen« eine gehörige Portion Menschenverachtung verborgen sei.

Während sie sprach, sah sie, wie Alices Nacken

sich versteifte, und dachte: So geht eine Freundschaft kaputt. Gern hätte sie etwas Milderndes hinterhergeschickt, aber nun setzte Alice zum Gegenschlag an und warf mit gekünstelter Lässigkeit über die Schulter, daß Elsas ständiges Hinterfragen und Analysieren sicherlich mehr als Alices unschuldiges Gut-Meinen mit Machtgelüsten zu tun hätte und ob Elsa eigentlich bei all ihrer intellektuellen Gescheitheit nie begriffen hätte, daß ihre Freundschaft nur deshalb solange gehalten hätte, weil Alice, geduldig und friedfertig wie sie war, sich Elsas besserwisserischer Regie unterworfen hätte.

Nun war es heraus. Alles klar zwischen Elsa und Alice bis in die Kindheit zurück, klar und kaputt, und beide fühlten sich sterbenselend, als sie das Boot aus dem Wasser zogen und die Böschung hinauf zu den anderen schleppten.

Müde und krumm, zwei sehr alte, sehr einsame Frauen schlichen sie den Wiesenweg hinauf, den sie vor kurzem so heiter hinunterspaziert waren, und als sie etwa die Hälfte hinter sich hatten, sah Elsa durch ihre Fernbrille, was Alice nicht sehen konnte, weil sie aus Eitelkeit keine Brille trug, obwohl sie sie dringend gebraucht hätte, daß nämlich der Platz zwischen Schuppen und Haus öde und leer war, kein Mensch, kein Boot, auch der Trabbi, der unter dem Wellblechdach gestanden hatte, war nicht mehr da.

Als wären wir Jahre weggewesen wie der Mönch

von Heisterbach, dachte Elsa und schritt kräftiger aus, um den Schauder loszuwerden. Erst als sie vor der geschlossenen Schuppentür stand, bemerkte sie, daß Alice beim Auto zurückgeblieben war. Sie hat einen sechsten Sinn für Unannehmlichkeiten, dachte sie grimmig und klopfte heftiger als beabsichtigt an die Tür. Endlich rührte sich etwas im Innern, ein Schlurfen näherte sich, die Tür wich zurück. Aus der Dunkelheit tauchte eine alte Frau mit Hühnerbeinen in viel zu großen Pantoffeln, nahm einen Zettel vom Nagel neben der Tür und reichte ihn Elsa.

Das ist viel zuwenig, sagte Elsa, wir waren länger unterwegs, stundenlang.

Das kommt Ihnen nur so vor, sagte die Frau, auf dem Wasser kommt einem alles viel länger vor. Sie nahm den Schein und steckte ihn, ohne ihn anzuschauen, in die Schürzentasche.

Sie wohnen in einer wunderschönen Gegend! sagte Elsa und trat einen Schritt zur Seite in der Hoffnung, die Frau werde ihr folgen und sich vielleicht mit ihr auf die Bank setzen, die neben der Tür stand. Das hätte ihr aus irgendeinem verborgenen Grund gutgetan. Aber die Frau blieb in der Tür stehen und sagte mit einer Stimme, die jünger war als ihr Gesicht: Ich wohne nicht hier. Ich passe nur auf die Boote auf.

Und der junge Mann, den wir von Berlin mitgebracht haben, wo ist der geblieben? fragte Elsa.

Die tiefeingesunkenen Lippen der Alten verzogen sich zu etwas, was Elsa für ein Lächeln halten wollte. Sie haben ihn zur Station gebracht, sagte sie.

Aber er wollte mit uns nach Berlin zurückfahren, er arbeitet dort, sagte Elsa.

Vielleicht wollte er es nicht mehr, sagte die Frau, vielleicht wollte er lieber nach Hause.

Schade, sagte Elsa. Er stammt doch aus der Gegend. Wir haben ihn mitgenommen, damit er uns seine Heimat zeigen könnte. Wir sind nämlich zum ersten Mal drüben. Kaum hatte sie das Wort »drüben« ausgesprochen, beeilte sie sich, es zu korrigieren: früher habe man immer »drüben« gesagt, heute gäbe es das ja nicht mehr, sondern ein einziges, vereinigtes Deutschland ... aber die alte Frau hörte gar nicht zu, sondern redete mitten in Elsas Wortschwall hinein: Vielleicht konnte er Ihnen seine Heimat nicht zeigen, weil sie ihm fremd geworden war. Wenn wir mit Fremden zusammen sind, kommt unsere Heimat uns fremd vor, weil die Fremden sie anders sehen als wir und weil das andere der Fremden stärker ist als unser eigenes, weil die Fremden eben die Sieger sind.

Ich gehöre nicht zu den Siegern, das müssen Sie mir glauben, sagte Elsa. Ich würde gern wiederkommen und länger mit Ihnen sprechen. Sie sind eine kluge Frau.

Zum ersten Mal sah die Alte sie an mit ihren

blinkernden Augen tief hinten im Knochennest, und es war keine Spur Freundlichkeit in ihrem Blick. Sie sagen »kluge Frau«, aber Sie kennen mich nicht, sagte sie. Sie wissen nichts von mir, gar nichts, gar nichts, und zwischen den beiden »gar nichts« war ein Geräusch zu hören, das ein Kichern sein konnte, aber auch ein wütendes Zischen. Erschrocken fuhr Elsa zurück, und nun lachte die Alte wirklich, schloß lachend die Tür und schob innen den Riegel vor.

Nun haben wir beide unsere Niederlage gehabt, und recht geschieht uns, dachte Elsa und sah, während sie frierend wie nach einer kalten Dusche zum Auto ging, sich selbst und Alice, wie die vom ehemaligen »Drüben« sie sahen: zwei wohlsituierte, gesellschaftlich anerkannte, teuergekleidete, mit den Jahren erstarrte und gehärtete alte Frauen, die vom Podest ihrer auf nichts gegründeten Sicherheit Zensuren verteilten – Elsa über Alice, Alice über Elsa und beide über die anderen, von denen sie nichts wußten, gar nichts, gar nichts klang es in ihrem Kopf nach, und sie nahm sich vor, genau das zu sagen, wenn Alice sie fragen sollte.

Aber Alice fragte nicht. Schweigend fuhren sie in die Stadt zurück, und wieder kamen die Trabbis ihnen entgegen, den Fond vollgestopft mit Eingekauftem in Tüten und Kartons. Ab und zu warf Elsa einen verstohlenen Blick zu Alice hinüber und wunderte sich über den gelösten Ausdruck in ihrem Gesicht, und wie das Schweigen zwischen ihnen sich bei jedem Blick erwärmte, als sei der Zorn von vorhin im Abfließen begriffen und nichts bliebe übrig als die Müdigkeit nach einem langen anstrengenden Tag. Wie macht sie das nur? dachte sie und fühlte die verworfene Freundschaft zurückkehren, ganz ohne Auseinandersetzung und Klärung, einfach als eine gute Wärme, die trotz aller Hakeleien immer zwischen ihnen gewesen war vom ersten Schultag an, als Alice, zwei Jahre älter und zehn Jahre erfahrener, sie bei der Hand nahm und sagte: Brauchst keine Angst haben, ich geh mit!

Plötzlich kam es Elsa gar nicht mehr so schwierig vor, als erste das Schweigen zu brechen, und als sie in die Straße einbogen, in der Alice wohnte, hatte sie die Worte schon auf der Zunge: Wir sind doch Freundinnen, nicht wahr? Oder einfach, wie sie als Kinder gesagt hatten: Laß uns wieder gut sein. Aber Alice kam ihr zuvor.

Was wäre denn so schlimm gewesen, wenn wir aus dem Tümpel nicht mehr herausgefunden hätten? sagte sie, als sie neben dem Bordstein hielten, und es war wieder die Traumstimme, die über dem schwarzen Wasser geklungen hatte, und das Gesicht, das aus der Tiefe heraufschaute, die Augen schwimmend vor Lust, einzutauchen, unterzusinken, die Last der Jahre, die Häßlichkeiten des Alters hinter sich zu lassen.

Schlimm wäre gewesen, wenn der strebsame Bootsverleiher sein 17. Boot verloren hätte, sagte Elsa streng, und Alice, schon beim Aussteigen, wandte sich noch einmal zurück und sagte: Und wenn zwei eingebildete alte Weiber keine Chance mehr gehabt hätten, sich zu ändern.

Wenn sie jetzt die Brille aufgehabt hätte, hätte Alice sehen können, wie mit den Tränen, die plötzlich aus Elsas Augen schossen, die Bilder verschwammen, die so lange zwischen ihnen gestanden hatten – die Intellektuelle, die Emotionale –, aber sie hatte eben die Brille nicht auf und wandte sich so entschieden ab, daß Elsa wußte: Darüber werden wir nie mehr sprechen. Muß auch nicht sein, dachte sie.

Die Stunde des Postboten

Eines Morgens fuhr sie aus Träumen hoch und sah eine andere hochfahren im Frisierspiegel, schlaffes abgenutztes Gesicht, schreckensgeweitete Augen, in die sie hineinstürzte und nach Bruno um Hilfe rief, keine Antwort bekam, weil er wieder nicht nach Hause gekommen war, das Kopfkissen neben dem ihren glatt, unberührt im weißen Licht, das durch die Jalousiespalten drang, und hörte wieder das Klingeln, das sie geweckt hatte, ich komme, murmelte sie, wartete, Füße auf dem Teppich, bis das Brausen des Sturzes nachließ, und als sie wieder zum Spiegel blickte, war er blank und leer.

Sie taumelte zum Fenster und sah durch den Jalousiespalt, wie der Postbote vor dem Gartentor eine Zigarette anzündete, nicht der Alte, sondern der Junge mit dem dreisten Blick, der seit Montag zur Aushilfe kam. Wie der mich anschaut, hatte sie zu Bruno gesagt, du mußt ihn zurechtweisen! Und Bruno hatte sie ausgelacht: Das bildest du dir nur ein.

Aus dem Badezimmer griff sie sich den Kimono, den er aus China mitgebracht hatte, Schauder über der Haut, als er kühl am Körper entlangglitt, warum hatte sie nicht den Morgenrock genommen, der bis zum Kinn geknöpft war? Sie raffte die schlüpfrige Seide am Hals, um sie am Auseinanderfallen und Abrutschen zu hindern. Ich werde ihn nicht ins Haus lassen!

Ehe sie auf den Türknopf drückte, nahm sie eine hoheitsvolle Haltung ein, hörte das Gartentor kreischen, die Schritte auf dem Plattenweg näherkommen, auf der Schwelle stocken, und nun war nur ihr eigener schwerer Atem im Raum. Sie öffnete die Tür, sagte Ja bitte und sah seine junge braune Hand mit den geschwollenen Adern, die ihr das Einschreiben und den Begleitzettel reichte: Unterschreiben Sie bitte!

Ich hätte die Tür wieder schließen sollen! dachte sie, nun war es zu spät, Wind fuhr ihr lau in den Rücken, als sie sich über den Garderobentisch beugte, um zu unterschreiben, und fühlte, wie der Kimono über die Schulter hinabglitt, stellte sich vor, während sie versuchte, das Zittern ihrer Hand zu beherrschen, wie die Schulter aus der dunklen Seide hervortrat, weiß, perlenhaft schimmernd unter dem Blick des Postboten, der lautlos hinter sie trat. Er soll es nur wagen, mich zu berühren, ich werde ihn ins Gesicht schlagen, dachte sie, aber als sie herumfuhr, stand der Postbote abgewandt auf dem Plattenweg, war nicht eingetreten, hatte sie nicht angesehen.

Sie fühlte eine Kälte in sich aufsteigen wie schwarzes eisiges Wasser, und nun wußte sie auch, wer die andere im Spiegel gewesen war, nämlich ihre Mutter, wie sie sie am Morgen ihres Hochzeitstages gesehen hatte, als ihre Gesichter zufällig nebeneinander im Spiegel erschienen, die Tochter strahlend vom Glanz des Geliebt- und Begehrtseins, die Mutter fahl, ungeschminkt, Hautsäcke unter den müden Augen und die schlaffen Brüste unter dem Nachthemd. Ehe sie das Entsetzen in ihren Augen löschen konnte, hatte die Mutter es bemerkt und mit einer Stimme bebend vor Haß gesagt: Warte nur, Kind, auch für dich kommt der Tag, wo die Männer dich nicht mehr anschauen.

Als der Motor des Postwagens nicht mehr zu hören war, ging sie langsam ins Bad, schloß die Tür hinter sich und setzte sich auf den Rand der Badewanne. Hier war es ganz still, kein Laut, keine Bewegung bis auf das Zittern des Neonlichtes auf den weißen Kacheln.

Mit einem Schulterruck warf sie den Kimono ab und fing an, ihren Körper zu inspizieren, indem sie hier und da ein Stück Haut auseinanderzog, in Weiches hineindrückte, Falten und Aderspuren mit Fingerspitzen nachfuhr, Härchen zupfte, an Flecken kratzte, Arme und Beine streckte und beugte, Ellbogen, Knie, Knöchel abtastete, dann auch den Leib, die Brüste, den Hals, das Gesicht, Haare, die sie über die Stirn hinabzog, zwischen den Fingern rieb, betrachtete mit einer inständigen Aufmerksamkeit, als hätte sie es mit einem rätselhaften Gegenstand zu tun, dessen Geheimnis sie aus der Oberfläche entziffern müßte.

In die Stille horchend formte sie mit den Lippen das Wort »Abschilfern«, das der Biologielehrer bei der Beschreibung der Hautfunktionen gebraucht hatte. Nun spürte sie es mit dem Inneren ihrer Hand, die immer noch mechanisch ihren Körper entlangstrich, und hörte es im Kopf, ein tonloses Knistern, Rascheln, Rieseln von abgestorbenen Zellen, die sich bei der Berührung mit Außenwelt lösten und abfielen, Staub zu Staub, unaufhaltsames Wenigerwerden und Schwinden, das sich nach innen hin fortsetzte, als hätten sich unter der streichelnden Hand alle Nerven umgedreht, die feinen Haarspitzen erzitternd unter den Signalen des Absterbens, das in allen Teilen des Körpers in verschiedenen Zeitmaßen im Gange war, gewaltsam mit Schlingen und Schmatzen, sanft wie das Sterben der Blätter im Herbst als Austrocknen, Hartwerden, Nahrung verweigern, Schrumpfen, Sichlösen, Abtreiben im rauschenden Blutstrom. Sie werden alle ersetzt! wollte sie denken, aber das Vernichtungsgetöse schwoll darüber hin wie Gelächter. Sie riß die Augen auf, sah sich im Spiegel die Augen aufreißen.

Eine Wut ergriff sie über die falsche Stille des Raumes, die harten glänzenden Gegenstände, die so taten, als könne die unaufhaltsame Zeit ihnen nichts anhaben. Sie hatte Lust, mit der Faust in den Spiegel zu schlagen, aber als sie davorstand, tat sie es doch nicht, sondern hielt still und sah sich an.

So erfuhr sie in der Stunde des Postboten, daß sie altern und sterben würde. Aber als Bruno kam und sich wunderte, daß das Mittagessen nicht auf dem Tisch stand, als sie in die Küche rannte und die Lammkoteletts in die Pfanne warf, hatte sie es wieder vergessen.

Geht nur, sagte sie, geht ruhig fort, ich bin gern allein! mit einer halben Wendung ins Innere des Hauses, als wollte sie den Abschied beschleunigen. Nun geht schon!

Dann gingen wir, die Kinder zu ihren Spielgefährten, auf Reisen, zum Studium, zum Heiraten, der Vater zu den Verrichtungen seines Amtes oder zu Freunden. Manchmal fragten wir: Willst du nicht mitkommen? und ernteten wie erwartet ein Kopfschütteln, ein schauderndes Ach nein!, das zu unserer Entlastung diente. Wie hätten wir es aufgenommen, wenn sie Ja gesagt hätte?

Unsere Mutter ist gern allein, sagten wir zu unseren Freunden, stolz, daß unsere Mutter nicht wie ihre Mütter unser Fortgehen mit schlechtem Gewissen belastete. Sie ist froh, wenn alle aus dem Haus sind, sagten wir, dann kann sie in Ruhe tun, wozu sie Lust hat.

Wozu hatte sie Lust? Wir wissen es nicht. Sobald die Haustür hinter uns zugefallen war, vergaßen wir sie. Keine Vorstellung, was sie allein in dem leeren Haus anfing. Kein Versuch, sich eine Vorstellung davon zu machen. Wir sahen sie nur, wenn sie unsere Bedürfnisse erfüllte oder verweigerte. Zu fragen, ob sie selbst Bedürfnisse hatte und welche das waren, kam uns nicht in den Sinn. Geht nur, ich bin gern allein!

Bei einer Lesung aus dem Buch, das ich über meinen Vater geschrieben habe, fragte eine Zuhörerin: Warum schreiben Sie nicht über Ihre Mutter? Ich sagte, daß ich über meinen Vater geschrieben hätte, weil er Pfarrer im Dritten Reich war, Repräsentant einer Kirche, deren politisches Verhalten zur Durchleuchtung und Klärung reizte. Meine Mutter sei in diesem Zusammenhang nicht hervorgetreten.

Aber auch meine Mutter hat sich politisch verhalten, wenn auch nicht mit Worten. Sie war es, die die Hitlerbüste in meines Vaters Studierzimmer nicht ertrug. Sie war ein Geschenk, er hatte sie stehen lassen, um den Schenker nicht zu kränken, und dann vergaß er sie, wie er Kleinigkeiten vergaß. Sie nicht! Sie hat den tönernen Kopf heimlich in den Heizungskeller getragen und mit der Axt in Stücke geschlagen – eine gewaltsame Handlung, die wir mit belustigtem Erstaunen zur Kenntnis nahmen: Sieh mal an, unsere Mutter!

Was hat sie sonst noch getan? Was ging in ihr vor? Gab es Meinungsverschiedenheiten, Streit, Entfremdung? Wir wissen es nicht. Eltern- und Kinderbereich waren hermetisch getrennt. Nie hätte sie vor uns eine Meinung geäußert, die der des Vaters widersprach.

Ich schreibe nicht über meine Mutter, weil ich

nichts von ihr weiß, hätte ich der Fragerin antworten sollen.

In letzter Zeit, Jahrzehnte nach ihrem Tod, träume ich manchmal von ihr und erwache mit einem wehen Gefühl, das ich meiner lebendigen Mutter gegenüber nie empfunden habe. Die Träume rufen Verdrängtes zurück. In der Zeit, als ich nach dem Tod des Vaters mit meiner Mutter allein war, sind wir einmal miteinander den Bonner Venusberg hinaufgegangen. Damals gab es noch keine Autostraßen, noch keine Ministerien, nur einen Wiesenweg zwischen Gärten. Wir haben über Zäune in die Gärten hineingeschaut, in denen die Obstbäume blühten, Salat sich in Mistbeeten kröpfte, Menschen mit Jäten und Gießen beschäftigt waren. Meine Mutter war freudig bewegt und ungewöhnlich gesprächig. Immer wieder blieb sie stehen, entzückte sich an der Pracht der Apfelblüte, kommentierte die Anlage der Rabatten und den Zustand der Pflanzen, erinnerte sich mit Wehmut der Pfarrgärten, die sie früher bearbeitet hatte. Nun hatte sie keinen Garten mehr, nur einen kleinen Balkon im dritten Stock eines Mietshauses, auf dem sie Petunien und Tomaten zog.

Auf diesem Spaziergang muß ich ihr versprochen haben, öfter mit ihr zu den Gärten zu gehen, um zu sehen, wie das Gepflanzte wuchs und reifte. Wir sind aber nie mehr dort gewesen, und sie hat mich nie an mein Versprechen erinnert. Nur einmal, viel später, als ein Gast von den Neubauten am Venusberg berichtete, sah sie mich plötzlich an und sagte: Nun sind wir nie mehr zu den Gärten gegangen, und jetzt sind sie fort.

Ich weiß nicht, was ich darauf geantwortet habe: Tut mir leid! oder: Warum bist du nicht allein hingegangen? oder: Es gibt ja noch andere Gärten. Daß es ihr wichtig gewesen sein könnte, mit mir, ihrer Tochter, dorthin zu gehen, ist mir damals nicht eingefallen. Im Winter darauf ist sie gestorben.

Nun, da ich selbst alt bin, haben die Träume ihre Stimme zurückgeholt und den Blick, der damals wahrscheinlich nur kurz war – oder habe ich schnell weggeschaut? – und der jetzt ständig auf mich gerichtet ist mit einer Frage, die mir niemand beantworten kann: War sie wirklich gern allein? Oder war die stolze Distanz, die uns das Fortgehen erleichterte, eine Fiktion, um uns den Anblick der Verletzungen, die wir ihr zufügten, zu verbergen?

In ihrer Kindheit habe sie sich oft gefürchtet, hat sie uns einmal erzählt. Wenn der Vater schimpfte, die Brüder stritten, habe sie sich ins Bett verkrochen und die Decke über den Kopf gezogen, damit nur niemand ihr Zittern bemerkte. Als Kind sei sie immer allein gewesen.

Hat sie auch bei uns Angst gehabt? War sie auch in unserer intakten Familie allein? Ihr Blick voll leidenschaftlicher Trauer zerreißt das idyllische Erinnerungsbild, das wir uns von ihr gemacht haben. Das Herz tut mir weh vor Sehnsucht, sie besser zu lieben, aber sie steht nicht mehr zur Verfügung. Geht nur, sagt sie, geht ruhig fort! und wendet sich ab ins Dunkle.

Der Tritt

Immer wenn ich Elsas linken Fußknöchel mit Arnika behandele, was sie leicht selber tun könnte, aber nicht tut, weil sie vor lauter »wesentlichen Verrichtungen« einfach nicht dazu kommt, also immer wenn ich auf ihr telefonisches Klagegeschrei hin mit meiner Arnikaflasche anrücke, um die entsprechende Lösung – fünf Teile Wasser, ein Teil Arnikatinktur – zu bereiten und den Umschlag so kunstvoll um ihren Knöchel zu legen, daß er weder rutscht noch beim Gehen behindert, geraten wir in denselben Streit, der auch diesmal wie alle vorhergehenden Male nicht entschieden, sondern auf die lange Bank geschoben wird.

Er beginnt damit, daß ich über den Polizisten schimpfe, der Elsa durch einen Tritt gegen den Knöchel ein Leiden zugefügt hat, das bei jedem Wetterwechsel von neuem schmerzhaft akut wird. Sie nimmt den Polizisten in Schutz, indem sie behauptet, daß man ihm ebensowenig wie seinem Stiefel, der den Tritt ausgeführt hat, Vorwürfe machen könne. Der Tritt nämlich sei nicht aus persönlicher Roheit gegen sie persönlich geführt worden, sondern von einer zum bloßen Werkzeug degradierten Männergruppe gegen einen als Bedrohung des Staates mißverstandenen Bürgerwiderstand. Es handele sich also nicht um individuelle, sondern um strukturelle Gewalt ...

Ich sage, daß die sogenannte Männergruppe aus Individuen bestehe, die sich laut Grundgesetz eine Degradierung zum bloßen Werkzeug nicht gefallen lassen müßten. Tritt sei Tritt, und in dem Stiefel habe ein Menschenbein gesteckt, dessen Bewegungen von einem Menschenhirn regiert und deswegen auch von demselben verantwortet werden müßten.

Diesem Argument kann sie nicht widersprechen, weil sie es oft genug selbst gebraucht hat. Also verläßt sie die Ebene der Argumente, um mir zum hundertsten Mal die Geschichte des Trittes anzudienen – ein Ausweichen, das ich mit Recht als Schwäche auslege. Eine Geschichte ist kein Argument, sage ich. Das weißt du selbst, gibst es aber nicht zu, weil du ausgerechnet für diesen tretenden Polizisten eine sentimentale Schwäche hast. Darauf wechselt sie wiederum die Ebene, indem sie sich darauf versteift, daß historische Wahrheit von Geschichten besser und genauer transportiert werde als von schematischen und deshalb wirklichkeitsfernen Pauschaldarstellungen.

An diesem Punkt gebe ich meistens auf, einmal, weil ich inzwischen mit dem Verbinden fertig geworden bin, und zum anderen, weil ich weiß, daß sie als Historikerin auf dem Feld der Geschichtsinterpretation nicht zu schlagen ist.

Elsas Affaire mit dem Polizisten kenne ich inzwischen auswendig und kann sie mit allen Nuancen nacherzählen, ohne ihre Beweiskraft im Geringsten anzuerkennen. Sie ereignete sich im Verlauf des Widerstandes gegen die Errichtung einer atomaren Wiederaufbereitungsanlage in Wackersdorf, der sich nach jahrelangem Gerangel als überflüssig erwies, weil es einem Industriemanager irgendwann einfiel, daß das gleiche Projekt mit geringerem Aufwand im britischen Sellafield durchzuführen sei. Elsa war dabei.

Es war die erste Platzbesetzung ihres Lebens, die sie allerdings nicht als eine solche verstand, als sie mit ihren jungen Freunden dorthin unterwegs war, sondern als einen feiertäglichen Waldspaziergang mit Blaubeerpflücken und anschließendem Picknick auf einer zwecks Bauarbeiten geschlagenen Lichtung. Störend empfand sie nur das rasende Hundegebell aus den im Gebüsch versteckten Mannschaftswagen. Die Polizisten, die in Gruppen im Wald herumstanden, taten ihr eher leid. Wegen der Hitze hatten sie ihre Visierhelme abgenommen und mitsamt den Schilden zu ordentlichen Pyramiden aufgebaut.

Sie seien es gewesen, die das Picknick in eine Platzbesetzung umfunktioniert hätten, behauptet sie. Wie es dazu kam, kann sie nicht sagen, weil sie – todmüde nach der langen Wanderung vom Parkplatz zur Lichtung – ein Mittagsschläfchen auf dem warmen, federnden Waldboden gehalten hatte, aus dem sie erst erwachte, als einer der jungen Leute sie am Arm zerrte und sagte: Es geht los!

Da hatten sich die verstreuten Gruppen der Polizisten zu einem Helm-und-Schild-starrenden Block zusammengeschlossen, der sich bedrohlich langsam auf die Waldspaziergänger oder Platzbesetzer zubewegte, die zu Ketten eingehakt nebeneinander standen. Auch Elsa hat sich in eine solche Kette einfädeln lassen, während eine unverständliche Lautsprecherstimme dröhnte und Hubschrauber ohrenbetäubend über die Baumwipfel donnerten. Wenige Schritte vor den Eingehakten blieb der Polizeiblock stehen, und nun erfolgte das, was Elsa als »Augengespräch« bezeichnet und immer im Präsens erzählt, als handele es sich nicht um Vergangenheit, sondern um eine exemplarische und deshalb zeitunabhängige Situation.

Ein Polizist steht genau vor mir, sagt sie. Ich habe Zeit, ihn anzuschauen, weil zwischen den Aufforderungen der Lautsprecherstimme, den Platz zu verlassen, jeweils ein paar Minuten vergehen. Es kommt mir so vor, als hätte ich noch nie im Leben einen Menschen so lange so intensiv angeschaut; als hätte noch nie ein Mensch meinem Anschauen so lange so unbeweglich standgehalten.

Er ist älter als die anderen – ein Vorgesetzter, mittelgroße wohlproportionierte Gestalt, Haltung aufrecht, aber nicht starr. Während die jungen

Polizisten verlegen wegschauen, wenn ein Blick sie trifft, schaut er ruhig zurück, dunkle Augen im gebräunten Gesicht, kompetent, vertrauenerweckend, zuverlässig. Ein netter Polizist! Von ihm würde ich mir gern den Weg zeigen lassen. Wenn ich in Gefahr geriete, würde ich mich gern von ihm beschützen lassen. Leider geht das jetzt nicht, weil die Gefahr, in der ich mich befinde, von ihm ausgeht. Ich versuche ein Lächeln und sehe seine Mundwinkel zucken.

Was sieht er, wenn er mich sieht? Eine Frau, die seine Mutter sein könnte, eingehakt mit jungen Leuten, die seine Kinder, ihre Enkel sein könnten, schaut ihn an und fragt wortlos: Was bist du für einer? Wirst du mich schlagen?

Seine Augen fragen zurück: Was bist du für eine? Wie kommst du auf die Idee, mit Chaoten diesen Platz zu besetzen? Warum zwingst du mich, dich zu schlagen?

Ich zwinge dich doch nicht, sagen meine Augen. Wenn du nicht schlagen willst, dann tu's einfach nicht. Schau uns doch an! Wir haben keine Waffen, keinen Helm, keinen Schild. Wir stehen in einem Wald, der allen gehört. Die jungen Leute haben Fichtenstämmchen zusammengefügt und das Konstrukt »Freundschaftshaus« genannt. Ehe ihr uns mit euren Hubschraubern, Hundertschaften, Helmen, Hunden auf den Leib rücktet, haben wir miteinander geredet, gesungen, Blaubeeren verzehrt, die wir im Wald gesucht hatten, zwischen den 800000 Stämmen, die ihr umlegen wollt, um euer Konstrukt zu bauen. Und das wird kein Freundschaftshaus sein! Das haben wir getan, und was tust du?

Ich schütze die Ordnung, sagen seine Augen. Diese Besetzung und dieses Freundschaftshaus sind ordnungswidrig. Ich habe die Anweisung, diesen Platz zu räumen. Dabei kann es zu Gewalt kommen.

Wenn es zu Gewalt kommt, dann kommt sie von euch, sagen meine Augen. Seht euch doch an, ihr bewaffneten, gepanzerten Maschinenmänner, hört das rasende Hundegebell aus den vergitterten Wagen.

Tu mir den Gefallen und löse dich aus der Kette! sagen seine Augen. Geh nur einen Schritt vor, dann gehörst du zur Ordnung, und ich kann dich schützen.

Es tut mir wirklich leid, dich in Verlegenheit zu bringen, sagen meine Augen, sicher ist es dir unangenehm, alte Frauen zu schlagen. Trotzdem kann ich den Schritt nicht tun. Ich finde deine Ordnung nicht in Ordnung. Dafür habe ich Gründe, die ich dir gern mitteilen würde. Aber dazu mußt du deinen Helm abnehmen. Mit dem Helm über den Ohren kannst du nicht hören.

Wo kämen wir hin, wenn Polizisten, statt ihren Befehlen zu folgen, mit Demonstranten und

Platzbesetzern diskutieren würden, sagen seine Augen.

Wo kommen wir hin, wenn bewaffnete Polizisten auf wehrlose Leute losgehen, statt sie zu fragen, warum sie am heiligen Feiertag mitten im Wald ein Freundschaftshaus bauen? Das könnte dich auch interessieren, Polizist. Du bist doch sicher Familienvater.

Familienvater hin und her, sagen seine Augen und verengen sich, weil er allmählich ungeduldig wird. Zunächst mal bin ich Polizist und folge meinen Befehlen. Reden können wir später.

Wer geschlagen wird, redet nicht mehr, sagen meine Augen, das solltest du wissen aus der psychologischen Schulung.

Willst du vielleicht, daß ich wegen deiner Spinnerei meine Karriere aufs Spiel setze, sagen seine Augen. Am Ende lande ich noch bei der Verkehrspolizei.

Sind wir schon wieder so weit, daß die, die nicht schlagen wollen, ihre Karriere aufs Spiel setzen?

Die dritte und letzte Aufforderung dröhnt aus dem Lautsprecher. Wir haken uns fester ein. Geflüster wächst die Reihen entlang: Keine Gegenwehr! Wenn sie vorrücken, gehen wir in der Kette zurück. Nicht loslassen! Einzelne werden gegriffen.

Wilder toben die Hunde hinter den Gittern. Ich habe Angst vor Hunden, halte mich fester, um das

Zittern in den Armen zu stoppen. Die Polizisten gehen einen Schritt vor. Nun steht er so dicht vor mir, daß ich sein Rasierwasser riechen kann und den Schweiß, der ihm über das Gesicht rinnt. Es muß wahnsinnig heiß sein unter dem Helm. Ich stelle mir vor, wie er sich später zuhause die Uniform vom Leib reißt: ein versauter Feiertag, Mariä Himmelfahrt. Er hatte versprochen, mit den Kindern ins Schwimmbad zu gehen. Nun muß er im Wald herumstehen und schwitzen, bloß wegen ein paar Chaoten.

Was ist das, Chaoten? wird ihn sein Junge fragen. Was wirst du ihm antworten, Polizist?

Los, Oma, geh! dann bist du aus allem raus, flehen seine Augen, und er tut einen kleinen Schritt zur Seite, um mich durchzulassen.

Aber ich gehe nicht.

Plötzlich sehe ich gar nichts mehr. Ein Stoß hat mich nach hinten geworfen, kein Boden mehr unter meinen Füßen. Ich hänge in den Armen der anderen und sehe, wie unter dem Ansturm der Polizisten die Klammerung sich öffnet, die Arme der Freunde entgleiten. Dann sacke ich ab, Stiefel über mich weg. Die treten mich tot mit ihren Stiefeln, denke ich.

Im Gedränge packen die Freunde zu, ziehen mich hoch. Wir versuchen, nach rückwärts auszuweichen, aber da ist kein Platz. Die Polizisten drängen uns nicht ins Freie, sondern gegen das Freundschaftshaus, das sich unter dem Andrang neigt und zusammenbricht. Durch eine Lücke zwischen uniformierten Schultern sehe ich, wie sie einen Jungen an Armen und Beinen über den Waldboden schleifen. Er will aufstehen und mitgehen, aber sie lassen ihn nicht. Sie stoßen ihn nieder. Sie treten ihn mit den Stiefeln. Sie zerren ihn durch die Brombeerranken. Blut läuft ihm übers Gesicht. Ich höre eine schreckliche Stimme kreischen: Polizistenschweine! und erkenne mit einem Aufwallen von Übelkeit, daß es meine eigene Stimme ist, die da kreischt, mein wüstes, denaturiertes, ohnmächtiges Wutgeschrei.

Dann ist der Platz geräumt. Geschlagen ziehen wir ab, vorüber an den Polizisten. Ich streife mit Blicken die Gesichter entlang, suche den, der vor mir gestanden hat, finde ihn nicht. Sie sehen alle gleich aus.

Er und ich, wir hätten in der Kneipe neben dem Zeltlager ein Bier trinken können, sagt sie. Er hätte mir seine Probleme mit den Chaoten erklärt und ich ihm meine mit der Ordnung. Möglicherweise hätten wir uns ein wenig verstanden, wenn es ihm gelungen wäre, wieder ein einzelner Mensch mit einem eigenen Verstand und Gewissen zu sein, statt Bestandteil einer Maschine, die zum Niederwalzen von Widerstand, egal von wem und wozu, konstruiert ist.

Und das nenne ich strukturelle Gewalt, sagt Elsa, während ich behutsam den Strumpf über den

Verband ziehe. Der Tritt war ungewollte Begleiterscheinung – ein zufälliges Rencontre zwischen einem erstklassigen Stiefel und einem alten verkalkten Knöchel.

Was sie wirklich bedauert, ist gar nicht der Knöchelschaden, sondern ein Versäumnis ihrerseits: daß sie nicht ein wenig Widerstand gezeigt hatte, grade so viel, um gegriffen, verhaftet und vor Gericht gestellt zu werden. Dort nämlich hätte sie Gelegenheit gehabt, ihre Ansicht über strukturelle Gewalt publikumswirksam darzulegen: daß der Polizeieinsatz à la Wackersdorf nur eine unter zahlreichen Formen darstelle, in die sich strukturelle Gewalt verkleide, um die Herzen und Hirne der Menschen zu besetzen, und daß jede dieser Formen eminent ansteckend sei, sowohl für die, die sie ausübten, als auch für die, gegen die sie sich richte.

Zum Abschluß hätte sie den von ihr hochgeschätzten Alexis de Tocqueville zitiert: »*Ist eine neue Daseinsordnung im Entstehen, so gilt es, sie zu erkennen, um das menschliche Denken so zu beleben, daß es dem unausweichlich Neuen gewachsen sein kann.*«

Das eben, würde sie sagen, das Erkennen und Beleben von Vorzeichen einer neuen Daseinsordnung, habe dieser Staat nicht geleistet und könne es auch nicht leisten, solange die Stimmen des »unausweichlich Neuen« ungehört niedergewalzt würden.

Nach diesen mit großem Pathos gesprochenen Worten trennen wir uns, ich mit meiner Arnikaflasche, sie mit dem dicken Verband um den immer noch schmerzenden Knöchel. Bis zum nächsten Wetterwechsel ...

Heute morgen bist du abgefahren, später als ge-
plant, weil ein paar Freunde zum Verabschieden
kamen, aufgeregtes Geflatter um den Frühstücks-
tisch, Schulklatsch, Zukunftspläne, Aufbruch-
stimmung.

»Geht nur, laßt alles stehen, ich räume später
ab«, sagte ich, und du hast mich vorwurfsvoll angesehen: »Du kannst mich wohl nicht schnell genug los sein!« Glaubst du das wirklich?

Der geliehene VW-Bus, vollgestopft mit Kram.
Was du da alles mitschleppst: dein Bett und die
kleine Kommode, die du blau angestrichen hast,
weil Blau die Farbe für Ferne und Freiheit ist,
und die alte Nähmaschine zum Treten und den
Avocadobaum, den du aus dem Kern gezogen
hast, Musikanlage, Bücher, Platten, natürlich die
Plüschmaus, die immer auf deinem Kopfkissen
saß ...

Die Großen sind schon lange aus dem Haus.
Das war anders, weniger endgültig. Du bist die
letzte, die ausfliegt. Mein kleines Mädchen ...

»Nun bist du auch allein«, sagen die Freundinnen, »nun siehst du mal, wie das ist.«

»Wird nicht so schlimm werden, die Arbeit
bleibt mir«, sage ich.

Ich habe immer gearbeitet, morgens am Schreibtisch, ab Mittag die Kinder. Zwischen Arbeit und Kindern hat mein Leben sich eingerichtet. Nun fallen die Kinder aus und ich werde mehr arbeiten können.

»Wart's nur ab!« sagen die Freundinnen.

Ich bin mit euch hinuntergegangen, habe dir nachgewinkt, solange ich deinen braunen Arm mit dem Silberreifen sehen konnte. Als ich wieder zum Haus ging, war ich leer und leicht, als könnte ein Windstoß mich aufheben und über die Dächer davontragen. Nichts zu tun, zu erwarten, einzukaufen. Die Vorräte vom Abschiedsessen werden noch lange reichen. Mittagessen kann ausfallen, ist mir immer lästig gewesen, mitten im Tag, in die Arbeit hinein die ewige Frage: Was koche ich heute. Kinder, die aus der Schule kommen, brauchen ein warmes Essen, ich nicht. Endlich werde ich meinen eigenen Rhythmus leben, Zeit für Bücher, die seit Jahren warten gelesen zu werden, für vernachlässigte Freunde, verschleppte Korrespondenzen, zum Bummeln. Wie habe ich hetzen müssen, um vor Ladenschluß einzukaufen, und immer die Schlepperei, Kinder im Bauch, auf der Hüfte, an der Hand, Plastiktüten, Einkaufstaschen, Körbe, Koffer. Noch früher bin ich mit dem Matchsack auf Tramptour gegangen. Wie war das nur? Ist schon so lange her. Wie hab ich mich gefühlt in dem leichten ledigen Mädchenleib? Wie

werde ich mich in dem leichten ledigen Altfrauen-
leib fühlen?

Chaos in der Wohnung, der abgegessene Früh-
stückstisch, dein Zimmer fast ausgeräumt, Staub-
flocken in der Ecke, wo man nie mit dem Staub-
sauger hinkam, weil die Matratze so groß, die Pa-
letten so niedrig waren. Flecken in der Tapete, wo
deine Bilder und Poster gehangen haben, die Pinn-
wand mit Fotos von wechselnden Freunden, das
Plakat mit dem edlen Profil von Virginia Woolf.
»Ein Zimmer für mich allein«, hast du in Kinder-
schrift darunter geschrieben an dem Tag, als deine
Schwester auszog, mit der du so lange das Zimmer
geteilt und um jeden Fußbreit gestritten hast.

Ob ihr euch besser versteht, wenn ich nicht
mehr dabei bin?

Wenn du mich sehen könntest, wie ich in der
Wohnung herumwüte, Ordnung schaffe, Spuren
verwische und mittendrin innehalte, die Leere
spüre: Nie mehr wirst du hier wohnen. Wenn du
kommst, wird es vorübergehend sein – Ferien,
Krankheit, Zwischenstopp auf der Fahrt in den
Süden. Eine alleinstehende Frau – wie lebt sich
das?

Dein Zimmer wird mein Arbeitsraum werden,
größer und heller als das Kabuff, mit dem ich bis-
her vorliebnehmen mußte. Natürlich wird es immer ein Bett für dich geben, aber ein Erinnerungs-
zimmer will ich nicht, keinen Abstellraum, aus

dem Vergangenheit mir entgegenfällt, wenn ich die Tür öffne. Jahrelang haben wir eng beieinander gewohnt, vaterlose Familie, drei Kinder und ich, dann zwei Kinder, dann wir beide. Allerhand Reibungsverluste: eure Musik zu laut, mein Tippen zu spät in der Nacht, der einzige Kleiderschrank überfüllt, Spielzeug, Schulzeug immer im Weg. Nun habe ich Platz, werde mich ausbreiten, wie ich es mir immer gewünscht habe, die ganze Wohnung bewohnen. Geige spielen, Gäste haben, wann es mir paßt. Schule kann mir egal sein, Vokabeln, Textaufgaben, Extemporale, Hausaufsätze, Verweise, Zeugnisse – vorbei. »Die Hefte kannst du wegschmeißen«, hast du gesagt, »ich brauch sie nicht mehr.«

Gestern abend haben wir noch einmal den alten Bummel gemacht, den Hang entlang über den Lichtern der Kleinstadt. Hier haben wir Probleme besprochen und Streits ausgetragen. Auf dieser Bank hast du dich mit deinem ersten Freund getroffen. An dieser Birke haben wir jedes Jahr den Frühling entdeckt.

»Eigentlich will ich gar nicht weg«, hast du gesagt, »wir haben es doch ganz gut miteinander, wir beide ...«

»Wart nur, das freie Leben wird dir gefallen«, sagte ich, »keiner fragt, wann du nach Hause kommst, keiner ärgert sich, wenn du dich zum Essen verspätest, keiner, der deine Freunde mit

Argusaugen inspiziert, ob sie auch gut genug für dich sind.«

»Ich weiß nicht, ob mir das wirklich gefällt«, hast du gesagt, »man kann es nicht vorher wissen. Du auch nicht.«

»Morgen werd ich es wissen«, hab ich gesagt.

In Ruhe am Schreibtisch sitzen. Arbeiten, solange ich will. Kein Anruf: holst du mich von der Schule ab? Kein Gepolter, Türenschlagen: was gibt's heut zu essen? Dieses Nervenzittern vor Angst, ich hätte etwas Wichtiges versäumt, Hausfrauen-, Mutterpflichten. Wie Pfeile gingen die Rufe durch meinen Kopf. Gedanken abgeschnitten. Faden verloren. Meine männlichen Kollegen verfügen über aufopfernde Gattinnen, die ihnen den Kinder- und Haushaltskram aus dem Weg räumen: Vater muß arbeiten! Ich hab das alles allein gemacht, und das schlechte Gewissen war immer dabei: Kommen sie zu kurz? Mache ich etwas falsch? Nun seid ihr groß, und meine Fehler sind mitgewachsen. Ihr müßt damit leben, ich auch.

Nichts mit arbeiten heute. Zuviel Unruhe im Leib, leichtes, in Abständen wiederkehrendes Ziehen wie damals, bevor die Wehen anfingen, längst vergessen, aber der Körper erinnert sich. Die Biologen sagen, daß das Menschenjunge zu früh geboren wird. Nur einen Teil der Embryozeit verbringt es schwimmend im Mutterleib, dann muß es hinaus ins soziale Umfeld, und wenn es Glück hat, findet es dort einen geschützten Platz wie das Känguruhjunge, das winzig (drei Zentimeter im Naturkundebuch, erinnerst du dich?), kaum geboren, in den Mutterbeutel krabbelt, im Warmen, Dunklen sich nährt und wächst, bis es davonhüpfen kann. Hab ich dir auch so einen Beutel gemacht aus Sorgegedanken und Sorgegefühlen, der nun leer ist und schmerzt, weil die Sorgegedanken und Sorgegefühle weiterlaufen im Leeren? Wie stellt man das ab?

Vorsorglich habe ich für den heutigen Abend eine Einladung angenommen. Ich ziehe das indische Kleid an, das nachtblaue, weißgeflammte, das du mir längst ausgespannt hast. Nun hast du es doch vergessen, und ich ziehe es noch einmal an, ehe ich es dir nachschicke. Dein Duft, der Babygeruch nach süßer Milch, über den wir so oft gelacht haben, hängt noch im Stoff, mit ihm die Erinnerung an die Abende mit euch Kindern, an das Gute-Nacht-Sagen mit Vorlesen, Erzählen, Singen, Einschlafgesprächen, über dem ich so oft neben euch eingeschlafen bin, euer Haar, euren Atem im Gesicht, eure Haut sanft an meiner. Habe ich gewußt, wie glücklich ich war?

Ich bin nicht zum Fest gegangen. Als ich schon auf der Treppe war, ging mir die Lust weg. Was soll ich bei den fremden Leuten? Heute abend will ich lieber allein sein, mit meinen Kindern, die keine Kinder mehr sind. Vielleicht ein bißchen wei-

nen. Hört ja keiner. Morgen werde ich's anpak-
ken, das Alleinsein ... oder übermorgen, wie wir
immer gesungen haben, wenn eins von euch sich
weh getan hatte: Übermorgen Sonnenschein, dann
wird es wieder besser sein ...

Frau Radic und der Pazifismus

Es ist nicht leicht, mit Frau Radic befreundet zu sein, schon deshalb, weil sie nie Zeit hat, wenn man sich mit ihr verabreden will. Sie ist Rechtsanwältin, und da sie aus Altersgründen ihre Kanzlei aufgegeben hat, kommen die Klienten zu den verschiedensten Zeiten in ihre Wohnung. Wenn eine Zeitlang alle meine Kontaktversuche gescheitert sind, wirft sie mir Untreue vor und erwartet, daß ich mich entschuldige. Wenn ich Frau Radic nicht so gern hätte, wäre unsere Freundschaft längst gestorben.

Inzwischen habe ich meine Taktik geändert. Wenn ich sie sehen will, fahre ich einfach in ihren Wohnort, rufe aus der Zelle an, sage, daß ich zufällig in der Gegend bin und unbedingt ein juristisches Problem mit ihr besprechen muß, eine Flasche Bocksbeutel hätte ich dabei. Frau Radic mag Bocksbeutel, kauft aber nie selber welchen, solange noch geschenkte Flaschen, egal welcher Sorte und Qualität, in der stillen Reserve vorrätig sind. »Der Geiz«, sagt sie, »ist eines der wenigen Laster, die einem bis ins hohe Alter Vergnügen bereiten.«

Durch grollende Töne am Telefon lasse ich mich nicht abhalten, an ihrer Wohnungstür zu klingeln. Obwohl der Empfang nicht gerade überwältigend ausfällt, entnehme ich gewissen Signalen ihres großen, in unwirschen Säcken hängenden Gesichtes, daß sie sich freut. Wenn ein Klient da ist, warte ich mit Dackel Schlurfi in der Küche.

Weil Frau Radic sich vom Schreien in Verhandlungen eine schneidende Stimme bewahrt hat, höre ich, wie sie ihre Klienten traktiert: Die Vorstellung, daß Recht etwas mit Gerechtigkeit zu tun hätte, sollten sie sich mal gleich abschminken. Das Gesetz sei eine höchst notdürftige Übereinkunft der Mächtigen zur Erhaltung der Macht und zur Regelung des Zusammenlebens von Menschen, die sich normalerweise permanent umbringen, vergewaltigen, bestehlen, betrügen würden. Die Aufgabe des Rechtsberaters bestehe lediglich darin, eine einigermaßen passende Klausel im Gesetzbuch für den ihm übertragenen Fall zu finden beziehungsweise den Fall der Klausel entsprechend hinzubiegen.

Besonders hart faßt Frau Radic die Kriegsdienstverweigerer an, die scharenweise um ihren Beistand bitten, seit sich ihre hohe Erfolgsquote beim Durchbringen fast hoffnungsloser Fälle in der Szene herumgesprochen hat. Sie selbst hat mit Pazifismus nichts im Sinn. Ihr Leben lang hat sie gekämpft, nicht immer mit friedlichen Mitteln, wie sie zwinkernd zugibt: als Anwältin in einer Zeit, als Frauen in diesem Beruf noch unerwünscht waren, als Mutter von Söhnen, nachdem ihr Mann von Stalingrad nicht zurückkam, als Verteidigerin kleiner Nazis in Kriegsverbrecher-prozessen, die ohne ihre Wortgewalt nach dem heiligen Grundsatz »Die Kleinen hängt man, die Großen werden befördert« gelaufen wären, als streitbare Demokratin in der Adenauer-Zeit. Sie hat ihre Söhne zu Kämpfern erzogen, der eine ist hoher Offizier bei der Bundeswehr, der andere erfolgreicher Anwalt, beide gestandene Männer, keine »Milchbubis« wie die Verweigerer, die von Pazifismus faseln und *Dolce vita* meinen, »Sof-ties«, das Wort spricht sie mit äußerster Verach-tung aus. Den nächsten, der sie um Beistand bittet, wird sie von ihrer Tür weisen.

»Wie Sie meinen«, sage ich, meine Zweifel her-unterschluckend. Schließlich habe ich Frau Radic im Umgang mit ihren Enkeln erlebt und weiß, daß irgendwo, gut getarnt unter der rüden Oberfläche, der berühmte goldene Kern steckt, den die Enkel und Schlurfi direkt, alle anderen nur auf kompli-zierten Umwegen erreichen.

Wie Sie meinen, sage ich und höre mir ihre Er-güsse über Grüne und Pazifisten an: sanfte Tech-nik, Frieden unter den Menschen und Völkern, Frieden mit der Natur – sentimentales Gequat-sche! Die Welt ist hart, die Menschen böse. Ohne Gewalt geht gar nichts.

Meine Meinung ist nicht gefragt. In unserer Be-ziehung ist Frau Radic diejenige, die redet, und ich diejenige, die zuhört, sogar mit Vergnügen, weil sie eine geniale Erzählerin ist, voller Menschenwissen und Menschengeschichten, subjektiv, ungerecht, zynisch, nie langweilig.

Frau Radic haßt das Alter. Bei jedem Besuch verhört sie mich hochnotpeinlich, ob Anzeichen von Senilität bei ihr erkennbar seien. Das wäre das Schlimmste für sie: stumpf werden, Mattscheibe kriegen, den schnellen scharfen Verstand einbüßen, ehe der Körper versagt. Mit ihren Altersleiden hat sie sich abgefunden, denkt jedenfalls nicht daran, aus Gesundheitsgründen ihr Leben zu ändern. Ein saftiges Steak ist ihr lieber als Körnerfraß. Ihren Rotwein braucht sie zum Einschlafen. Ein langes Leben erscheint ihr nicht wünschenswert. Die Ärzte, die sie abwechselnd konsultiert, sind zu bedauern, vor allem der letzte, der zur Naturheilkunde neigt und Frau Radic allerhand Tröpfchen und Kügelchen verschreibt, die dort, wo ihre Krankheiten sitzen, gar nicht hinkommen – zuviel massiges Fleisch dazwischen, zuwenig Bewegung, null Gesundheitsbewußtsein. Nur dem Dackel zuliebe wälzt sie sich früh aus den Federn und führt ihn zu seinen Lieblingsbäumen, und am Nachmittag plagt sie sich sogar bis zum See, um durch Stöckchenwerfen seinen Kreislauf auf Touren zu bringen. Ihr Kreislauf reagiert nur auf schwarzen Kaffee und Sekt. Vom Arzt verlangt sie nichts weiter als Schmerzfreiheit, egal mit welchen

Mitteln. »Wenn die Nebenwirkungen akut werden, bin ich längst unter der Erde«, sagt sie. Hauptsache, der Verstand bleibt klar bis zum letzten Augenblick, den sie auf keinen Fall als Versuchskaninchen für dämliche Krankenschwestern und unfähige Jungärzte an den Drähten und Schläuchen irgendeiner lausigen Intensivstation erleben will. Nein, hier, in ihren vier Wänden, in ihrem Bett, mit ihren Büchern, ihrem Fernseher, ihrem Dackel will sie mal abkratzen, wenn's sein muß bald und bittesehr schmerzlos.

Frau Radic ist an allem, was Menschen betrifft, interessiert, vor allem an der Liebe. Kein Besuch vergeht, ohne daß sie mich über eventuelle Affairen ausfragt. Sie ist fest überzeugt, daß ich, ganze neun Jahre jünger als sie, ein vielfältiges Liebesleben führe. Das hat sie selbst auch einmal getan. Jetzt ist es damit vorbei.

Weil das Wort »vorbei«, in resignativem Ton ausgesprochen, ihr schlecht zu Gesicht steht, erinnere ich sie an die mehr oder weniger stille Reserve alter Freunde, speziell an den Herrn Regierungsrat a. D., der ihr nach aufreibenden Bridgeschlachten minutenlang beide Hände schüttelt und dabei »jederzeit zu Ihrer Verfügung« murmelt.

»Ich weiß schon«, sagt sie, »aber ich mag nun mal keine alten Männer.«

»Und die Jungen?« frage ich.

Auch darüber hat Frau Radic nachgedacht und

ist zu dem Schluß gekommen, daß sie sich mit einem Jungen im Bett unterlegen fühlen würde, einfach weil er jung ist und sie alt und häßlich. »Unterlegensein halt ich nicht aus«, sagt sie.

»Ich muß mich doch sehr wundern, Frau Radic«, sage ich. »In manchen Fragen denken Sie durchaus progressiv, aber in der Liebe sind Sie von vorgestern, oben und unten, Herrschaft und Unterwerfung – fällt Ihnen zur Liebe tatsächlich nichts Besseres ein?«

»Denken und lieben ist zweierlei«, sagt sie, »meine Selbstachtung ist mir lieber als alles in der Welt, sogar lieber als die Liebe.«

Vor kurzem ist Frau Radic dem Tod begegnet. In der Nacht fiel er über sie wie eine eiserne Glokke, die von Dunkelheit und dröhnendem Herzschlag erfüllt war. Eingegossen in ihren Tod lag sie da, konnte kein Glied rühren, keinen Laut von sich geben. Alles, was sie zum Leben brauchte, war unerreichbar: das Telefon auf dem Nachttisch, die Lampe, die Zeit, die Nachbarn. Todesangst wuchs in ihrem Leib und drängte nach außen, dem Tod entgegen; und sie wußte, wenn sie zusammenkämen, die Angst und der Tod, wäre es das Ende.

Gegen Morgen wurde es leichter. Sie versuchte zu telefonieren, aber die Stimme gehorchte noch nicht. Mit Bleistift auf den Notizblock krakelte sie einen Hilferuf an den ältesten Sohn, gab sogar preis, was sie in normalem Zustand nie über die Lippen gebracht hätte: daß sie sich danach sehnte, das letzte Stück Leben mit ihren Kindern und Enkeln zu verbringen. Schon als die Putzfrau mit dem Brief die Treppe hinunterging, war es ihr leid. »Was soll ich bei diesen Leuten?« sagte sie, als ich sie kurz nach der Schreckensnacht besuchte. »Bei denen halte ich es keine drei Tage aus. Mein Sohn hat sich zu einem sturen Kommißkopp entwickelt, und die Schwiegertochter hab ich noch nie leiden können. Überhaupt«, das sagte sie mehrmals, »überhaupt komm ich ganz gut allein zurecht.« Sie versuchte, ihrer Stimme den alten scharfen Ton zu geben, aber es kam nur ein mattes Krächzen heraus. Mühsam atmend hing sie im Sessel. Ich hatte den Eindruck, daß sie sich nur für mich aus dem Bett erhoben und angezogen hätte und nun mit Ungeduld warte, daß ich wieder ginge, damit sie in die Kissen zurücksinken könne.

»Warum legen Sie sich nicht hin und lassen mich machen?« fragte ich. Mürrisch wehrte sie ab: dafür sei die Putzfrau da. Nur den Hund durfte ich zum Pinkelbaum führen, und als ich zurückkam, war der Arzt da, und sie ließ mich spüren, daß ich im Wege sei. Meine Ankündigung, daß ich verreisen müsse und eine Weile nicht kommen könne, beantwortete sie mit einem hingeraunzten »Viel Vergnügen!« Von der Tür noch einmal zurückschauend, spürte ich an einem jähen Schmerz in der Herzgegend, daß sie mir fehlen würde, meine alte, widerborstige, unfreundliche Freundin.

Aber sie ist doch wieder hochgekommen. Beim ersten Besuch nach der Reise fand ich sie munter streitlustig, mit blitzenden Augen und geröteten Wangen. Weil ein Klient da war, wies sie mich in die Küche und gab mir zur Gesellschaft Schlurfi und zum Zeitvertreib einen Brief ihres Sohnes zu lesen, den sie, enteilend, als »Sauerei« bezeichnete. Ich las den Brief mehrere Male, suchte nach der Sauerei und fand sie nicht. Es war ein freundlicher Sohnesbrief, liebevoll, besorgt, hilfsbereit. »Natürlich kannst Du jederzeit zu uns kommen«, schrieb er, »Hedi fürchtet nur, daß es Dir bei uns zu unruhig ist wegen der Kinder. Du brauchst doch Ruhe.«

»Hab ich jemals gesagt, daß ich Ruhe brauche?« fauchte sie, als sie kurz hereinkam, um eine Flasche Rotwein aus der stillen Reserve zu holen. »Die wollen mich nicht im Haus haben! Die fürchten, daß ich die Kinder zum Denken verführe! Wie konnte ich nur so blöd sein«, und stürmte mit der Flasche hinaus.

Mit Rotwein traktiert sie ihn, das muß ein geschätzter Klient sein! dachte ich und horchte nach drüben, aber außer leisem Gemurmel war nichts zu hören. Erst als sie auf den Flur traten, vernahm ich eine sanfte Flötenstimme, die ich noch nie aus ihrem Munde gehört hatte: »Wenn Sie so nett wären, Schlurfi spazieren zu führen ...?«

Der Dackel sprang auf unter dem Küchentisch. Durch den Türspalt sah ich den geschätzten Klienten und traute meinen Augen nicht. Der junge Mann, der Schlurfi gehorsam an die Leine nahm, war ein Softie, wie er im Buche steht, mit langen Haaren und Ohrgehängen und Ringen an jedem Finger und gesticktem Hemd über hautengen Jeans – ein Blumenkind aus längst verklungener Hippiezeit.

»Wie war das doch mit den Milchbubis?« fragte ich, als sie nach langem Abschied zurückkam. »Sie wollten doch keinen mehr annehmen!«

»Der Mensch kann sich ändern«, sagte Frau Radic.

»Im Wohnzimmer, in dem sich ein Hauch indischen Duftöls gehalten hatte, hob sie die Flasche gegen das Licht: »Das reicht noch für einen Abendschoppen.« Sie nahm einen langen Schluck, hustete, ließ sich von mir auf den Rücken klopfen. Dann teilte sie mir mit, daß sie mit der alten Familie fertig sei und eben im Begriff, sich eine neue zuzulegen.

»Ich habe meine Söhne zu Kämpfern erzogen, und das war auch ganz recht für den Lebenskampf«, sagte sie, »aber wenn es ans Sterben geht ...«

»Über Ihre Söhne können Sie sich nicht beklagen«, sagte ich.

»Ich beklage mich nicht und ich mache mir keine Illusionen«, sagte sie, »weder über meine Söhne noch über die Pazifisten, die ich vertrete. Die meisten von ihnen sind Drückeberger, Weichlinge, Opportunisten, aber einige gibt es, die sind anders, vielleicht ein bißchen verrückt, die mögen Menschen, einfach so, ohne daß sie etwas dafür zurückkriegen und auch wenn sie alt, krank, häßlich und boshaft sind. Das sehen sie gar nicht, oder es macht ihnen nichts aus, weil sie sie eben mögen, weiß der Himmel, woher sie das haben. Einerseits sind sie Spinner und andererseits ...«

Frau Radic mußte wieder husten und ging hinaus, um ein Glas Wasser zu trinken. Nach einer Weile kam sie zurück und maß mich mit einem mißtrauischen Blick. »Halten Sie mich nicht für sentimental«, sagte sie, »ökonomisch gesehen sind diese Typen sehr brauchbar, ich meine, so jemand wie ich kann eine Masse Geld sparen ...«

Nun tun Sie mal nicht so, als ging's Ihnen ums Geld, wollte ich sagen. Geben Sie zu, daß Sie Ihre Softies mögen, und die mögen Sie auch, und es hat was mit Liebe zu tun. Aber das sagte ich dann doch nicht, weil in unserer Beziehung Frau Radic diejenige ist, die redet, und ich diejenige, die den Mund hält.

Letzte Fahrt

Die Frau hatte sich in den Kopf gesetzt, den Beginn seines Ruhestandes zu feiern, und dafür genau den Abend ausgesucht, an dem er zum ersten Mal nicht auf Fahrt ging mit dem Laster nach Rotterdam, Bremen, Cuxhaven oder über die Alpen nach Süden. Die Tochter war eingeladen, deren Mann auch Fernfahrer war, und die Leute aus dem Haus und ein ehemaliger Arbeitskollege, der schon zwei Jahre in Rente war. Die Frau hatte mehrere Kästen Bier besorgt, dazu gab es Kartoffelsalat und Würstchen, später Wein, Gebäck und Musik aus der Stereoanlage. Zwischendurch schauten sie ein wenig Fußball im Fernsehen, und in dieser Zeit muß er hinausgegangen sein. Die Frau merkte es erst, als jemand das Licht anmachte, und sagte: Der ist noch mal mit dem Hund raus. Aber der Hund lag auf seiner Matte im Flur, und der Arbeitskamerad sagte: Ich kann mir schon denken, wo der hin ist.

Um diese Zeit war er schon auf dem Weg zum Autohof, der dunkel und verlassen dalag. In der Hosentasche klirrten die Schlüssel, die er im Vorübergehen vom Haken neben der Haustür gegriffen hatte. Nur mal nachschauen, murmelte er vor dem Tor, schloß auf, stemmte sich gegen die

Schiebetür und tauchte in den fetten Dieselge-
stank, in die warme Finsternis. Die Hand auf dem
Lichtschalter, wandte er sich um und stand eine
Weile horchend, spähte die Straße hinab, die im
matten Licht einer einzelnen Laterne leer dalag.
Dann drehte er den Schalter, und die Zugmaschi-
nen sprangen ins Licht, gewaltig, bullig unter der
gekälkten Decke, nach vorn stemmend mit Kot-
flügeln, Kühlern, blitzendem Chrom und Glas.

Er kletterte hinter das Steuer und ließ den Motor an. Der kam sofort, brüllte und stank. Zwischen den zu engen Wänden, unter der zu niedrigen Decke bäumte die Zugmaschine sich auf, glitt
langsam, dicht unter dem Torbalken in den Hof,
heulte sanfter unter freiem Himmel, schrumpfte
ein wenig im Geviert der Mauern, neben den
schlafenden Dächern.

Er stieg aus, ging zum Anhänger, richtete das
eiserne Dreieck der Anhängevorrichtung nach
vorn, nahm den Bolzen heraus. Dann schob er
sich wieder auf den Sitz und fuhr Zentimeter um
Zentimeter rückwärts, weit aus der offenen Tür
hängend, das Steuer links und rechts einschlagend,
schwitzte unter der Jacke, schnaufte, manövrierte
den Wagen geschickt, millimetergenau in die ge-
öffnete Gabel. Eisen klirrte gegen Eisen. Er stieg
aus, schob den Bolzen durch die Öffnungen und
befestigte die Sicherheitskette. Langsam ging er
rund um den Wagen, rüttelte an den Haken, un-

tersuchte die Vertäuung der Plane, schaltete, wieder hinter dem Steuer sitzend, die verschiedenen Scheinwerfer ein: Fernlicht, Abblendlicht, Nebellicht, Standlicht. Mit dem Suchscheinwerfer erwischte er ein Liebespaar am Tor, weiße Gesichter, ihm zugewandt und wieder ins Dunkle entlassen. Er prüfte die Blinker links und rechts und die Rücklichter an der Zugmaschine und am Anhänger, zog den Handwerkskasten heraus und erneuerte eine Birne im Scheinwerfer links oben. Mit dem kleinen Schraubenzieher löste er die Schräubchen der goldenen Plakette: »300 000 km störungsfreies Fahren, Emil Schwenk, Fernfahrer«, wickelte Plakette und Schräubchen in ein Stück Zeitung, das er im Handschuhkasten fand, und schob das flache Päckchen in die Tasche. Dann verglich er die Uhr am Armaturenbrett mit seiner Armbanduhr, schrieb Datum und Zeit auf die Tachoscheiben und legte sie ein. Alles in Ordnung.

Bei leise laufendem Motor saß er im Dunkeln, auf die gewohnte Weise aufrecht, das harte Polster im Rücken, die Finger locker in den glatten Rillen des Steuers, unter den Füßen die Sisalmatten, mit denen er im Winter den Boden ausgelegt hatte, sauber mit Teppichband eingefaßt die ausgeschnittenen Löcher für Handbremse und Schalthebel, alles proper, fein auskalkuliert, fast gemütlich, fast Wohnküche, besser als Wohnküche, Radio im roten Kasten, Blumenvase mit Wachsrosen, Aschenbecher am Magneten, Amulette mit dem heiligen Christopherus und der Mutter Gottes, Spruchtafeln: Denk an deine Frau, fahr vorsichtig! Haxen abkratzen! Fahr nicht mit einem Affen! Bunte Wimpel, Handtücher, Waschlappen an der Leine, Klapptisch am Beifahrersitz, Ventilator für heiße Tage und ein geblümter Vorhang vor der Schlafkoje mit Matratze und doppelter Auflage, Leselampe, Daunendecke, Ruhe sanft! handgestickt auf dem Sofakissen.

So hatte er sich im Lauf der Jahre eingerichtet und fühlte die vertrauten Dinge um sich versammelt, während er still im Dunkeln saß, wartete, vielleicht schlief in dem kleinen Rausch, den er sich angetrunken hatte, versunken in das Beben des Motors, der leise unter ihm fortheulte nach Ferne, nach mehr Raum, mehr Himmel, nach Straße, nach dem hellen Stück, das, von Scheinwerfern der Nacht entrissen, unter die Reifen glitt und mit Hof, Garagen, Stadt tiefer in die Nacht gewalzt wurde.

Ohne ein Glied zu rühren, entfernte er sich, wuchs hinter dem Steuer, thronte hoch und einsam über der leeren Bahn, fühlte die Straße seiner Nachtfahrten unter sich verrinnen und in sich aufgespult mit Leuchtschrift, Zahl und Zeichen, mit Blinksignal und Vorüber und Wiederallein, mächtig zwischen zwei Dunkelheiten. Rotglut über Hochöfen, ewige Flamme auf Schornsteinspitzen, Signale landender Flugzeuge, Lichtwürfel der in Nachtschicht arbeitenden Fabriken, Brükken mit schwirrenden Geländern über Schattenflüsse gespannt, Höllenschein über den Großstädten und wieder Sterne, Mondlicht, der blanke Halbkreis der Scheibenwischer im Regen, entgegenspritzende Schneeflocken. Durchs Fenster hin und wieder ein Hauch von Wald, Wiese, Acker, Dünger, Rauch aus dem Nachtstrom Welt zu beiden Seiten des Dammes, auf dem er erhöht entlangkroch mit Lichtern, Lärm und Gestank, mit dem Schattensiegel des Firmenzeichens auf der Mitte des Kühlers, der stetig voranzog. Vierzig Tonnen. Dreihundertzwanzig PS.

Unter der rechten Sohle, unter den Händen am Steuer fühlte er den Triumph der Kraft über die Last, fühlte Triumph im Leib, in der gleichmäßigen Erschütterung, im Dröhnen, im unaufhaltsamen Vorwärtsziehen hügelauf und schrittlangsam hügelab mit dem Vierzig-Tonnen-Schub im Rücken, den ein leichter Druck auf die Luftdruckbremse auffing, als wär es nichts, fühlte das Auf und Ab der öltriefenden Kolben in sechs Zylindern, hüpfende Pleuelstangen, rotierende Kurbelwelle, Kardan. Mein Motor! Mein Wagen!

Jetzt hätte er gern mit jemandem gesprochen, der wußte, wie das war. Hör mal, Karl, wie der zieht! sagte er über die Schulter nach hinten. Den Wagen haben wir gut im Schuß, was? Immer noch der erste Motor, und der tut's noch ein paar·Jahre, wetten? Wie der den Berg raufgeht, achtundzwanzig Tonnen Ladung. Karl, du bist doch auch schon drei Jahre dabei, hast Maurer gelernt, na, willst du noch mal auf den Bau? Willst du in die Fabrik? Ne, fahren willst du, stimmt's oder hab ich recht? Und wenn nun einer daherkäme und sagte: Feierabend, Alter, Schluß mit dem Fahren!, was dann, Karl, was dann?

Aber da war keine Antwort, auch kein Schnarchen. Karl Vordermayer, fünfundzwanzig, hat immer den Fußball mit, trainiert auf Verladehöfen, damit er keinen Bauch bekommt, kein Magenleiden wie der Alte, keine Bandscheibe, trinkt nicht, raucht nicht, ißt drei Koteletts auf einen Sitz und verdaut im Schlaf, wälzt sich im eigenen Saft, das dumme junge Fleisch, das noch alle Straßen vor sich hat und sich nichts draus macht, er aber, der Alte, ist am Ende, fast am Ende, noch nicht ganz, nicht solange er fährt, nicht solange er in seinem Wagen sitzt, auf der Straße, am Schlepptau der weißen Mittellinie, die ihn durch die Nacht zieht.

Fauler Sack! knurrte er, was weißt du von Straßen? Ich kenne sie, hab sie alle im Kopf, verfahre mich nie, brauch keine Straßenkarte, keine Schilder, weiß alles auswendig, Geraden, Kurven, Steigungen, Gefälle, Kreuzungen, Abzweigungen, Verengungen, Brücken, weiß, wie sie zueinander liegen und zu den Himmelsrichtungen, zu den

Städten, Fabriken, Häfen, Grenzen, kenn mich aus im Netz wie der Dachs im Bau. Hast du schon mal das Frankfurter Kreuz von oben gesehen? Ich hab's gesehen, aus dem Flugzeug, Rundflug für hundert Mark, das war mir die Sache wert.

Als er das sagte, kam es ihm so vor, als löste sein Kopf sich vom Hals und stiege leer und leicht wie ein Ballon, schwebte, hielt still in großer Höhe und Klarheit, blickte hinab und sah: Straßenkreuz und gezirkeltes Kleeblatt, vollkommene geometrische Figur, eisig leuchtendes Modell unter Glas, das, von unsichtbarer Hand angestoßen, zu rotieren anfing, immer rund um die Mitte, wo der Wagen stand und er im stehenden Wagen stillhielt und sich mitdrehte, mühelos, reibungslos. Man denkt, man fährt wer weiß wohin, dachte er, aber in Wirklichkeit dreht man sich auf der Stelle, kommt nicht vom Fleck, und da plagt man sich ...

Er kniff die Augen zu, um den Schwindel zu vertreiben, legte den Kopf auf die Hände am Steuer und fühlte sich schwer werden wie ein Stein vor tödlicher Müdigkeit.

Laßt mich in Ruh, murmelte er, als einer die Tür aufriß und sagte: Da sitzt einer drin! Da sitzt der Alte im Wagen und pennt. Wach auf, Kollege! Schlaf zuhause weiter! Es geht los.

Der Alte löste die Hände vom Steuer, kletterte

steifbeinig heraus, verfehlte das Trittbrett. Vordermayer packte ihn unter der Achsel. Nanana, immer langsam. Alter Mann ist kein D-Zug.

Ich hab nur meinen Kram rausgeholt, sagte er.

Nun kamen sie alle an mit Licht und Lärm, manche mit Freundinnen, breitbeinig, armeschwingend, Mütze im Nacken, spiegelndes Leder, springen in die Wagen, knallen Türen, geben zuviel Gas, wälzen brüllende Kolosse über den Hof, zwischen die Mädchen, die kreischend auseinanderflattern, halben Leibs aus der Tür hängend, wild am Steuer kurbelnd – alles Angabe! denkt er. Vorwärts, rückwärts, rechts einschlagen, links einschlagen, hü hau ho hooo, stop. Anhänger rucken, rollen, rucken, stehen. Klirren von verzurrter Ladung. Springen ab wie die Cowboys von den Rössern. Lassen Motoren weiterlaufen, Licht tanzt über pralle Schenkel und Schultern. Unterhalten sich brüllend, lärmbesoffen, schlagen sich auf Lederknie, kratzen den Mädchen die Wange mit Stoppelkinn. So ist der Alte auch mal auf Fahrt gegangen. Wie lang ist das her!

Auf geht's! Fünf blaue Lastzüge brechen aus dem Hof ins Freie, donnern durch Häuser, Kneipen, Schlafzimmer, Träume. Ein Zittern geht durch Ziegel und Schindel. Schläfer stürzen im Traum. Ehe sie unten aufschlagen, sind die Giganten vorüber, der Schein an den Wänden erloschen, Staubfahne hinterher, blinzelnde Rücklichter. Das Hohle unter den Brücken heult ihnen nach.

Der Alte schloß ab, löschte das Licht und ging im Dunkeln über den Hof. Eine Weile stand er am Tor, dann zündete er sich eine Zigarette an und ging langsam die Straße hinunter und um die Ecke zum Haus.

Die Frau war noch auf, saß allein am Küchentisch, hob den Kopf von den Armen, als er eintrat: Da bist du ja.

Wo soll ich denn sein? brummte er, über den Kühlschrank gebeugt.

Ich dachte, du schaffst es nicht, sagte sie. Ich dachte, du kannst den Wagen nicht lassen, außer . . .

Er nahm einen Schluck aus der Flasche, schauderte, rülpste: Was außer?

Außer sie fräsen dich raus wie den Bernhard. Ganz plötzlich rannen Bäche von Tränen ihre Wangen hinunter, und ihr Rücken zuckte von lautlosem Schluchzen.

Geh schlafen, sagte er und legte im Vorübergehen die Hand auf ihre Schulter, die sofort stillhielt.

Sie wischte sich die Augen, räumte die Zeitung vom Tisch und die Tasse in den Ausguß. Und du? sagte sie unter der Tür.

Wegen mir können wir uns jetzt den Schrebergarten zulegen, sagte er. Den hast du doch immer gewollt.

Dr. Fröschls Stelzenhaus, das sie mitsamt der Insel, auf der es stand, bei einer Flußbegradigung
weggebaggert haben (Ordnung muß sein, sagten
die Herren vom Flußbauamt und stellten sich einen feinen geraden Kanal vor, dessen befestigte
Ufer kein Wässerchen seitwärts entwischen lassen,
kein toter Arm, kein Altwasser, keine unnütze Insel, keine Bucht für Frösche und durstige Kühe,
kein Schilfwald für die Fisch- und Wildentenbrut,
kein vergammelter, bei jeder Schneeschmelze
durchwässerter Auwald als letztes Quartier für
aussterbende Vögel, so wär's ihnen recht gewesen,
inzwischen haben sie umlernen müssen und hier
und da Befestigtes wieder aufgerissen, aber die Insel haben sie nicht mehr hinstellen können), also
Dr. Fröschls Stelzenhaus auf der Flußinsel mit allem Drum und Dran hat der alte Kaminke aus
Sudeten gemacht, der im gleichen Jahr wie der alte
Doktor gestorben ist. Ganz allein hat er's gemacht, nachdem er sich mit den anderen Hand-
werkern bis aufs Blut zerstritten hatte, der konnte
ja mit niemandem auskommen, hat sich nicht mal
mit der eigenen Tochter vertragen können, obwohl er doch mit ihr zusammen geflüchtet ist aus
der alten in die neue Heimat, hat sie einfach sit-

zenlassen, ist Knall und Fall in die Schwaiger Werkstatt gezogen mit Bett und Hobelbank, mit seinem Zorn, seinen bitteren Launen, seinem Genie fürs Erfinden und Machen, mit seinem bösen Maul, seinem harten Schädel, seiner verfluchten Besserwisserei, und das angeblich nur, weil er es von Schwaig aus näher zum Fischen hätte.

Als der Zimmerer anfing, Material auf die Insel herüberzuschaffen (damals ging es noch nicht so genau mit den Baubehörden, man konnte schon mal was hinstellen ohne Plan und Genehmigung), hat Kaminke sich vor Zorn fast umgebracht, weil er die Insel und überhaupt alle guten Fischplätze auf beiden Ufern bis nach Fischau hinauf als sein persönliches Eigentum betrachtete und jeden, der auch dort fischen wollte, als seinen persönlichen Feind. Jeden Tag, den Gott werden ließ, ist er mit seinen Wasserstiefeln hinübergestelzt, hat sich mit seinem Knochenhintern immer genau dahin gesetzt, wo der Zimmerer grade zu tun hatte, und alles, was der Zimmerer machte, war Pfusch, so daß der Doktor bei seinen seltenen Besuchen auf dem Bauplatz nichts als Klagen zu hören bekam, immer wieder Der-oder-Ich, also genau das, was unser Doktor auf den Tod nicht vertragen konnte. Er hat den Zimmerer noch eine Zeit hinhalten können mit Bier und Nach-dem-Mund-Schwätzen, wie er's so macht, aber schließlich ist er doch weggeblieben, und da saß der Doktor nun mit Kaminke allein auf seiner Insel, und die Leute haben gesagt: Das geht nicht gut. Das kann gar nicht gutgehen mit den beiden.

Ist aber doch gutgegangen, und zwar so, daß Kaminke den ganzen Plan über den Haufen warf und das Pfahlhaus alleine baute, nach seinem Kopf, wie er es sich in seinen langen, schlaflosen, von Hustenanfällen zerrissenen Nächten zusammenstudiert hatte, und der Doktor hat ihn machen lassen, als sei es Kaminkes Haus und nicht seins, hat jeden Tag zwei Flaschen von seinem Spezial-Bocksbeutel in den Alten hineingegossen wie Benzin in einen Motor, ist dann weit weg zum Fischen, und die Fische, die er mitbrachte, haben sie am offenen Feuer gebraten und verzehrt, wobei Kaminke bei jedem Bissen versicherte, so einen Kümmerling von Fisch, wenn er ihn an der Angel gehabt hätte, dann hätte er ihn sofort ins Wasser zurückgeworfen, mit Fischen unter drei Pfund hätte er sich im Leben noch nicht aufgehalten, aber bei dem Geschlinge, das der Doktor als Köder benutze, könne man ja nichts Besseres erwarten. Dazu nickte Fröschl, goß ein, bot krumme schwarze Virginia-Zigarren an und zog sich dann wieder zurück, um zwischen Schilf und Weidengebüsch auf den für ihn bestimmten Riesenwaller zu warten.

Auf diese Weise sind sie ganz gut miteinander ausgekommen, und Kaminke hat geschuftet wie ein Roß, sogar nachts, wenn er nicht schlafen konnte, ist er zur Insel hinüber, hat dies und jenes ausprobiert und verworfen und besser gemacht unter dem Mond, und wenn er morgens heimkam, hat die Schwaiger Anni ihm einen Liter schwarzen Kaffee mit sechs Eßlöffeln Zucker hingestellt, den er mitsamt dem eingebrockten Brot mit dem Löffel verzehrte, und dann ist er wieder zurück zur Insel.

So stand eines Tages das Haus da wie aus der Erde hervorgewachsen, ein echter Kaminke, solid, kahl, auf ausgetüftelte Weise zweckmäßig und ohne den geringsten Zierat, sogar die ausgestopften Fische hat er dem Doktor wieder von der Wand gerissen, keinen Fetzen Stoff ins Haus gelassen, weil Kaminke Stoff nicht mochte, überhaupt keinen Firlefanz und Weiberkram. Dies war eine Sache für Männer, da sollte man auf den ersten Blick sehen, aus was und wie und wozu etwas gemacht ist, und ein Bett soll ein Bett sein, ein Tisch ein Tisch, und wer Vorhänge vors Fenster hängt, braucht erst gar keine Fenster zu haben. Aber eine einzige Sache hat der Doktor doch durchgesetzt, da ist er hart geblieben und hat sich so laut mit Kaminke herumgestritten, daß man's bis in die Höfe hinein hören konnte, und obwohl Kaminke schrie: Nur über meine Leiche!, hat er ihn am Ende mit eigenen Händen gemacht – den Sessel.

Der Sessel war auch das einzige, was nach

Fröschl aussah in diesem Kaminke-Haus. In dem Sessel wohnte er, nachdem er die Praxis abgegeben hatte, aß, trank, rauchte, schwätzte und schlief darin, in meinem Wallerloch, so nannte er ihn.

Aber das war erst nach der Fahrt in die Stadt, und die Geschichte mußte man von Fröschl selber hören, wie sie sich mit dem Bus nach München bemüht haben, um sich Sessel anzusehen – der dürre Kaminke, der herz-, leber-, gallenleidende Fettsack von Fröschl –, um sechs Uhr früh von Robend ab, und als sie um halb acht in der Landeshauptstadt ankamen und die Geschäfte noch geschlossen fanden, hat Kaminke mit Schimpfen angefangen und mit seinen harten Knöcheln die Schaufenster der Möbelgeschäfte betrommelt, an Eisengittern gerüttelt und wäre um ein Haar wegen Erregung öffentlichen Ärgernisses eingesperrt worden, wenn der Doktor ihn nicht in einen Bräukeller gezerrt hätte, und da kriegte er dann Krach mit der Bedienung wegen Schlecht-Eingießen und Wucherpreisen, so daß Fröschl ihn auch von da durch die Hintertür entfernen mußte.

Danach haben sie den ganzen Tag damit verbracht, auf Sesseln zu sitzen und Verkäufer zu vergrämen, in Möbelgeschäften und Antiquitätenläden, endlich in einem Museum, wo bereits das Berühren der Gegenstände, wie viel mehr das Sitzen in Sesseln womöglich mit nicht ganz einwandfreien Hosen verboten war, so daß Kaminke

Schmiere stehen mußte, während der Doktor sich in Rokoko, Biedermeier, Chippendale und Jugendstil herumwälzte, sich sogar eine Zigarre anzündete, weil er ohne Zigarre kein Urteil über die Bequemlichkeit eines Sessels abgeben könne, sagte er.

Als sich dann doch durch irgendeine Tapetentür ein Wärter einschlich, hat Kaminke ihn einfach niedergeschrien mit seinem Gebell über das unnütze Aufbewahren von Möbeln für nichts und niemanden, hat behauptet, in jedem einzelnen Stück sei der Wurm drin, weil keiner sich richtig drum kümmere, hat es handgreiflich beweisen wollen, dem Wärter die Wurmlöcher unter die Nase reiben, das hat Fröschl sich lieber nicht mitangesehen, sondern ist hinter Kaminkes Rücken davon und so schnell wie noch nie in seinem Leben die Marmortreppe hinunter und ins Freie – nach mir die Sintflut. Zehn Pfund mindestens hat er verloren an diesem Tag, hat Herzkrämpfe und Leberstiche gekriegt und die Galle in seinem Leib quietschen hören wie eine Maus in der Falle.

Als Kaminke ihn an der nächsten Ecke einholte mit seinen Meterstelzen und 48 Schuhgröße, hat der Doktor sich Feigling und Schlappschwanz nennen lassen müssen, untreu wie ein Italiener, scheinheilig wie ein Engländer, schleimscheißend wie ein Franzose, liederlich wie ein Pollack. Versöhnt haben sie sich erst nach der dritten Flasche in einer Weinstube, und da war der Bus längst weg, sie haben sich mit dem Taxi heimfahren lassen, was das gekostet hat! Und alles nur, um herauszukriegen, daß es in der ganzen Hauptstadt keinen Sessel für unseren alten Doktor Fröschl gab.

Also mußte Kaminke den Sessel selber machen, ein Monstrum auf kurzen dicken Füßen, mit mindestens einem Quadratmeter Sitzfläche, breiten Armstützen, rechts mit angebauter Platte für Bocksbeutel und Zigarren und mit gewaltigen Ohren links und rechts an der hohen Lehne, die nicht zu verstellen war, weil ich so, wie ich jetzt sitze, bis zu meinem Tode sitzen bleiben werde, hat Fröschl gesagt, und tatsächlich haben sie ihn eines Tages darin gefunden, neben sich die leere Bocksbeutelflasche, eine kalte Zigarre zwischen den Lippen, Asche über die Hose verstreut.

Mit Hygiene hat er nicht viel im Sinn gehabt, aber ein guter Doktor war er doch, so einen kriegen wir nie wieder, sagen die Leute im Tal. Der hätte den alten Schwaiger nicht im Krankenhaus sterben lassen wie der neue Doktor, der Preuß. Der hätte ihn entweder gesund gemacht oder daheim sterben lassen, im eigenen Sach, bei den eigenen Leuten und Viechern. Der wußte schon, was unsereins nötiger braucht als Hygiene.

Als meine Freundin Elsa aus den Fieberträumen einer schweren Lungenentzündung auftauchte, stand es in ihrem Kopf fest, daß sie den Schuldienst aufgeben werde. Auf unserem ersten Spaziergang im Park teilte sie es mir mit, und als ich nach Gründen fragte, stellte sich heraus, daß sie über Gründe noch gar nicht nachgedacht hatte, so sicher war sie sich, daß diese Lebensphase zuende sei und etwas Neues beginnen werde, was, wisse sie noch nicht, aber sie werde es schon erkennen, wenn es ihr über den Weg laufe. Erstaunt über die Unbestimmtheit ihrer Äußerung – Elsa ist eine vernünftige Person mit klaren Entscheidungen und disziplinierter Lebensführung –, nötigte ich sie auf eine Bank im Schatten und fragte mit strenger Stimme, ob sie sich tatsächlich ganz gesund fühle, eine Lungenentzündung in unserem Alter sei keine Kleinigkeit und von nun an müsse sie aber wirklich ... Weiter kam ich nicht, weil sie anfing zu lachen und lachte, bis mir nichts anderes übrigblieb, als mitzulachen über meinen Anfall von Krankenschwester-Betulichkeit, die in unserer Freundschaft nichts zu suchen hat. Sie fühle sich jünger und frischer als vor der Krankheit, sagte sie und liebkoste mit den Fingerspitzen die silberne Kapsel, die sie als einzigen Schmuck an einer Kette um den Hals trug. So überwältigend wohl sei ihr zumute, daß sie gradezu Lust habe, etwas ganz Neues auszuprobieren, etwas Direktes, Unvermitteltes ...

Ehe ich fragen konnte, was sie mit direkt und unvermittelt meine und ob das Unterrichten ihrer Meinung nach etwas Indirektes sei, war sie schon aufgestanden und marschierte auf mageren Hühnerbeinen kräftig fürbaß – Oberstudienrätin Dr. Elsa Proske, Deutsch, Geschichte, Latein, bei Bedarf auch Griechisch, solide Kenntnisse, preußische Haltung, keine Probleme mit der Disziplin.

Direktor Ehlers wird untröstlich sein, eine erstklassige Kraft wie dich zu verlieren, rief ich ihr nach und bemerkte, während ich arthritisch hinterherschnaufte, daß ihr Gang sich geändert hatte. Ein Schlenkerer aus der Hüfte war hinzugekommen, der die Füße etwas weiter als nötig nach vorn warf, winzige Störung im Bewegungsensemble, zu gering, als daß man sie mit Worten wie überflüssig, übertrieben, übermütig oder gar ausschweifend hätte benennen können, aber daß solche Worte mir im Zusammenhang mit Elsa einfielen, beunruhigte mich. Gern hätte ich Näheres über ihren Entschluß erfahren, aber sie wechselte abrupt das Thema, und ich als die Schwächere in unserer Beziehung ließ mich darauf ein.

Beim Kündigungsgespräch muß sie sich deutlicher ausgedrückt haben, geradezu anarchisch, sagte Direktor Ehlers leicht alkoholisiert bei der Abschiedsfeier: daß sie es einfach satt habe, den Rest ihres Arbeitslebens damit zu verbringen, lustlose Schüler zur Annahme einer Gabe zu motivieren, die eigentlich mit Begeisterung empfangen werden sollte. Die Geleise im System Schule seien ihrer Erfahrung nach so gelegt, daß Lehrer und Schüler, statt fruchtbaren Austausch zu pflegen, in verschiedenen Hochgeschwindigkeitszügen aneinander vorbeirasten, ein Blick durch Scheiben, vielleicht ein Winken, ein erhobener Zeigefinger und schon vorbei. Aus solchen Geleisen und Geschwindigkeiten herauszukommen erfordere eine fast übermenschliche Anstrengung, die überdies vom System und den Kollegen nicht etwa belohnt, eher sogar bestraft werde, und vielleicht habe ihre Krankheit, die sie mitten in der verhaßten Arbeit des Zeugnisschreibens überfallen hatte, etwas mit dieser Anstrengung zu tun und mit der Ahnung, daß irgendwann die Kraft dafür fehlen werde, so daß auch sie wie die meisten reibungslos auf vorgefertigter Spur rotieren werde, resigniert, zynisch, verblödet ... höchste Zeit, die Weichen anders zu stellen!

Wohin denn, ausgerechnet Sie mit Ihrem pädagogischen Eros? hat Direktor Ehlers gefragt und es wirklich nett und scherzhaft gemeint, aber Dr. Proske sei plötzlich auf eine aggressive Weise persönlich geworden, und man kann sich vorstellen, wie er erschrocken hinter seinen bombastischen Schreibtisch zurückwich, als Elsa ihn fragte, ob er selbst denn noch nie den Wunsch verspürt habe, sich durch einen gewaltigen Rundumschlag aus der verkorksten Mechanik nie korrigierter Fehlentscheidungen herauszuhauen, einfach um draußen zu sein, frei zu atmen, zu schauen, zu sprechen, auch mit Schülern wie ein Mensch mit Menschen.

Hier unterbrach Ehlers seine Erzählung und lächelte fein und einige der Kollegen lächelten mit, aber als ich ihn fragte, was er denn der Kollegin Proske geantwortet habe, erlosch das Lächeln und er sah aus schwimmenden Augen in die Nacht hinter den Fenstern: Wünsche, du lieber Himmel, wer hat die nicht? Dann straffte er sich und sagte mit markiger Stimme: Man tut seine Pflicht!

Da wußte ich, daß Elsas Entschluß, noch ehe er in die Tat umgesetzt war, heftige Gefühle auslöste, auch bei mir.

Als ich Elsa das nächste Mal in ihrer Wohnung besuchte, sah ich auf der Merktafel über ihrem Schreibtisch drei Themen notiert: *1. Familie 2. Politik 3. Kirche.*

Ein paar verschleppte Lügen und Unklarheiten müßten ausgeräumt werden, sagte sie, als sie meinen fragenden Blick bemerkte, am dringendsten das gestörte Verhältnis zu ihrer Familie. Eine ungemütliche Ahnung beschlich mich. Würde sie nun auch in unserer jahrzehntealten Beziehung zu klären anfangen? Kleine Lügen, Herzlosigkeiten, Unanständigkeiten fielen mir ein, zum Beispiel, daß ich ihr vor vielen Jahren einen Freund ausgespannt hatte, der dann später mein Mann wurde.

Ob nicht manche Beziehungen besser im Unklaren bleiben sollten, fragte ich. Ob nicht eine allzu rigorose Klärung auch das Gute und Freundliche, was zwischen Menschen gewesen sei, zerstören könnte.

Heftig widersprach sie. Erst wenn der Lügenschleim abgewaschen sei, könne man entscheiden, ob eine Beziehung intensiviert oder abgebrochen werden müsse. Das Gleiche gelte für Meinungen und Überzeugungen. Ein kühles protestantisches Lüftchen wehte durch den Raum. Ich verabschiedete mich fröstelnd, und danach haben wir uns lange nicht gesehen, was nicht bedeutete, daß ich nicht an sie gedacht hätte. Im Gegenteil, je weniger ich von ihr sah, desto heftiger rumorte ihr Rundumschlag in meinen Gedanken, desto gieriger nahm ich die Informationen auf, die zunächst hinter der Hand, dann offen und mit feindseliger Schärfe durch den Kleinstadtmief schwirrten. So inständig nahm ich an ihrer neuen Phase teil, daß sich manchmal im Traum unsere Identitäten vermischten und ich angstschweißgebadet erwachte, als hätte die üble Nachrede nicht sie, sondern mich gemeint.

Elsa und ich kennen uns seit der Schulzeit im Krieg. Unsere Freundschaft war nie besonders innig, dafür beständig und tragfähig in schwierigen Situationen. Auch jetzt befand sich Elsa in einer schwierigen Situation, aber diesmal war mein Beistand nicht gefragt. Gekränkt und eine Spur neidisch verfolgte ich ihren riskanten Weg und konnte eine Regung von Schadenfreude nicht unterdrücken, als ich bemerkte, daß die Reihenfolge der an der Tafel notierten Aufgaben sich umgekehrt hatte.

Längst war sie aus der Kirche ausgetreten; mit Leuten, die ihre Enkel hätten sein können, demonstrierte und blockierte sie gegen Rüstungsproduktion und Export, versetzte mit Leserbriefen und Zeitungsartikeln die hiesige Chemieindustrie in Panik, gab sogar zeitweise ein Blättchen heraus, in dem sie verschwiegene Informationen abdruckte, Verfälschtes richtigstellte und Hintergründe lieferte, die keiner wissen wollte.

Aber Punkt 1 der Aufgaben war immer noch nicht erledigt. Familie, das war Achim, Landtagsabgeordneter der konservativen Partei, Seniorchef des Familienunternehmens, das in letzter Zeit wegen bedenklicher Exporte ins Gerede gekommen war, Bewahrer familiärer Hierarchien und Traditionen, für Elsa immer noch der große Bruder, der von der Richtigkeit seiner Weltsicht so unerschütterlich überzeugt war, daß er sich abweichendes Denken nur als krankhafte Deformation erklären konnte.

Niemand auf der Welt außer Elsa in früheren Jahren hatte je an seiner Selbstgewißheit gekratzt, aber am Ende hatte auch sie den sinnlosen Streit aufgegeben, und zwischen ihnen war ein in Floskeln falscher Vertrautheit verpacktes Schweigen gewachsen. Dieses durch Streit oder Verständigung zu durchbrechen war der tiefere Sinn von Punkt 1. Zweifellos stand er immer noch an der Tafel, und jedesmal, wenn sie aufblickte, setzte sich rasselnd und klappernd der alte defekte Motor der Geschwister-Auseinandersetzung in ihrem Kopf in Bewegung, um zum hundertsten Mal die messerscharfe Beweisführung, das unschlagbare Argument zu produzieren, das dem verlogenen Zustand ein Ende machen sollte.

In Gedanken sah ich ihr zu, wie sie sich flüsternd durch die Wohnung bewegte, so tief in die gedachte Diskussion verstrickt, daß die einfachsten Verrichtungen aus dem Ruder liefen. Essen brannte an, Brillen tauchten an den unmöglichsten Orten auf, Badewasser blieb in der Wanne stehen. In ihre Konzepte stahlen sich ausgeklügelte Formulierungen, mit denen sie dem Bruder beweisen wollte, daß andere Denkweisen als die seinen möglich, vielleicht sogar nötig seien in einem

Land, das sich trotz demokratischer Bemühung immer auf der Kippe nach rechts befand. Was sie nicht wußte bei ihrem Herumgrübeln und -klügeln war eine Unterströmung kindlicher Sehnsucht nach Anerkennung von diesem Bruder, den sie einmal verehrt hatte, was sie natürlich nie zugeben würde.

Als das Gespräch dann tatsächlich stattfand, von Elsa nicht gerade geschickt an Achims siebzigstem Geburtstag eingefädelt, paßte das, was ich als Gast unter Gästen sah und hörte, ziemlich genau in den Film, der in meinem Kopf ablief: wie sie die Außentreppe hinaufstampfte in ihrem unverwüstlichen Tweedkostüm, Silberkapsel auf der Brust, Baskenmütze über den Dutt gezerrt, jeder Schritt ein Jetzt-oder-Nie. Aber schon beim Eintreten verlangsamte sich der Marsch, und ich, die von ihr unbemerkt neben der Tür stand, ahnte, was in ihr vorging: Seit Jahren hatte sie ihr Elternhaus nicht mehr betreten und sah nun zum ersten Mal die Verwandlung der vertrauten Räume in helle grelle Ausstellungsflächen für teure Möbel und modisches Design, hörte zum ersten Mal das Geschwätz von Marion, der neuen, blutjungen Gattin, die Achim vor kurzem gegen die verbrauchte Hedwig eingetauscht hatte, und spürte wie ich, welche Anstrengung es ihn kostete, Jugendlichkeit vorzutäuschen und den dynamischen Schwung, mit dem er ihr entgegenfederte und

Luftküßchen auf ihre Wangen hauchte: Hallo Kleine!

Noch nie waren sie einander physisch so nah und psychisch so fern gewesen. Verstohlen wischte sie an ihrer Wange herum, die seine Lippen doch gar nicht berührt hatten, während er sie zu dem mit Geschenken beladenen Geburtstagstisch hinüberzog. Nebenan, hinter der weitgeöffneten Flügeltür, fand der Cocktailempfang statt – Stimmengewirr, Gläserklingen, Gelächter ...

Was treibst du denn so? fragte Achim, man hört da so manches!

Keine Bekenntnisse, Elsa! flehte ich in meinem Kopf, dies ist nicht der richtige Augenblick. Aber das wußte sie ja selbst. Dagegen redete sie an und hörte beim Reden, wie das Gespräch in die alten ausgeleierten Bahnen rutschte – die vorgefertigten Gemeinplätze, die groben Verallgemeinerungen, die falschen Bezüge und schiefen Vergleiche. An ihrem Gesicht war zu sehen, wie sie sich vor der eigenen Stimme ekelte, die einen klagenden Ton angenommen hatte – hilfloses Geplärre der kleinen Schwester gegen den Großen, der sie immer noch immer noch im Schwitzkasten hielt.

Hörst du mir überhaupt zu?

Jaja, sagte er, und sie sah an dem blinden Blick hinter der Brille, daß keines ihrer Worte hinter diese Betonstirn, in diese von Grauhaar überwucherten Ohren drang. Es hat ihn nie interessiert, was sie denkt. Seine Art, sie in Frage zu stellen, geht andere Wege, hintenherum auf den geheimen Pfaden der Familienintimität, die immer genau weiß, wo es weh tut. Da kennt er sich aus!

Lassen wir doch die Politik, sagte er, sie einhakend und in sein Arbeitszimmer führend, so daß ich nun auch meine Lauscher-Position ändern mußte. Reden wir mal ganz privat, sagte er, und ich dachte: Hau ab, Elsa! Verschwinde, ehe es zu spät ist. Aber es war schon zu spät. Er mache sich Sorgen um sie, hörte ich ihn dröhnen. In unserem Alter muß man wissen, wo man hingehört. Warum suchst du deine Freunde nicht in deiner Schicht und Altersklasse? Und nun kamen die wohlgemeinten Ratschläge: Literaturkreis, Seniorenstudium (du könntest dich noch habilitieren!), Bridgeclub, Reisen. Und die verstohlenen Anspielungen auf den schmählichen Zustand der Ehe – und Kinderlosigkeit. Dem letzteren abzuhelfen sei es nun leider zu spät, aber wie wär's mit einem angemessenen Partner – gequältes Aufstöhnen Elsas – für das letzte Stück Weges? Professor Schmalstieg, du weißt doch, der Biologe, hat sich beim letzten Rotary-Abend sehr intensiv nach dir erkundigt. Seine Gattin ist vor kurzem verstorben. Man hat dich bei ihrer Beerdigung vermißt.

Jetzt dreht sie durch! dachte ich, und die Wut, die ihr zu Kopf steigt, ist genau die gleiche, mit der sie als Kind gekratzt, gebissen, gespuckt hat. Nun,

Jahrzehnte später, spuckt sie die Unworte aus, auf die er sie einmal festnageln wird: Mit solchen Gruftis wie Schmalstieg und Konsorten möchte sie nicht mal begraben sein! Fataler Ausrutscher, Sprachschutt! indiskutabel für eine Philologin, und Achim diskutiert auch nicht mehr. Nicht auf dieser Ebene! Schaut ihr tief in die Augen. Signalisiert echte Betroffenheit, als hätte er soeben die Symptome einer schmutzigen Krankheit an ihr entdeckt. Traurige Bruderaugen, hinter denen sich Abgründe von Vater-, Mutter-, Pfarrer-, Lehreraugen auftun: armes verlorenes Schaf! Er, Achim, hat's ja schon lange gemerkt, wollte sich aber nicht einmischen. Nun jedoch hält er es für seine Pflicht, jawohl, für seine verdammte Pflicht und Schuldigkeit als Familienältester, ihr ein Licht aufzustecken über die sogenannten Pazifisten, Bürgerrechtler, Naturschützer, mit denen sie umgeht, ausgerechnet jetzt, wo die sogenannten Bewegungen im Absterben begriffen sind und eine neue Generation aufwächst. Du solltest dir mal die Lehrlinge in unserem Betrieb anschauen, lauter strebsame junge Leute, die etwas leisten wollen, um hochzukommen in dieser Gesellschaft. Die latschen nicht auf Demonstrationen herum, die bauen keine Schulen in Nicaragua und sonstwo, die blockieren keine Kasernentore und suhlen sich nicht in Katastrophenängsten. An die solltest du dich halten, wenn du unbedingt Jugend brauchst, statt an arbeitsscheue Systemveränderer und verkappte Kommunisten, die ihr eigenes Leben nicht auf die Reihe kriegen. Die benutzen dich doch nur, dein Alter, deine gesellschaftliche Stellung, deine politische Naivität, deine Einsamkeit als alleinstehende Frau, um ihren hilflosen Aktionen einen Anstrich von Respektabilität zu verleihen. Hinter deinem Rücken lachen sie über dich! Kurze Pause. Tonartwechsel. Nicht umsonst hat Achim einen Rhetorikkurs absolviert: Ach Elsa! Schwesterchen! Symbolisches Armeausbreiten. Elsa erstarrte wie Lots Weib beim Anblick der brennenden Sündenstädte, dann sprach sie so leise, daß ich sie nicht mehr verstehen konnte, aber es muß etwas Schlimmes gewesen sein, etwas, was sie in normalem Zustand nicht gesagt hätte, denn es verschlug ihm die Sprache und sein Gesicht lief rot an wie das Gehänge eines Puters. Einen atemlosen Augenblick starrten sie einander feindselig an, dann brachte er mühsam heraus: Es ist auch deine Firma! Elsa machte eine Handbewegung, als wollte sie die Firma mit allem Drum und Dran über die Schulter hinter sich werfen, und ging türenknallend ab und an mir vorbei ins Freie.

Aber wieder kam ihr etwas dazwischen. Als das Gartentor zufiel, mit dem vertrauten Scheppern – es ist ja das Haus, in dem sie aufgewachsen sind, Achim der Große, Elsa die Kleine –, wandte sie sich um und sah zurück, sah die Fenster, den Garten, die Tanne, in der noch ein rostiger Nagel steckt von dem Baumhaus, das Achim einmal für sie gebaut hatte. Immer wieder strich sie mit dem Finger die angerosteten Eisenstäbe des Gitters entlang, und es war nichts mehr von Wut in ihrem Gesicht, nur Sorge und schlechtes Gewissen: Achims Herzinfarkt im vergangenen Jahr; die Warnung des Arztes: Er darf sich nicht aufregen! Seine Augen rot gerändert, trüb, ratlos. Seine Angst um die Firma. Seine Angst vor dem Alter. Wen hat er denn zum Reden? Wer ist ihm nah? Wem kann er sich schwach und alt zeigen? Es hatte Annäherungen zwischen ihnen gegeben, nicht: Du hast vielleicht recht. Soweit kann er nicht gehen. Aber großzügige Geschenke, Einladungen, Reisen. Einmal wollte er mit ihr nach Ägypten fahren, die Pyramiden, wir zwei ganz allein. Mach's! habe ich gesagt. Es ist eine Chance. Aber sie hat abgelehnt. Mit Achim wollte sie nicht mal Pyramiden anschauen. Hand aufs Herz, Elsa, gibt es in seinem Weltbild doch etwas, was dem deinen gefährlich werden könnte? Sind Ehelosigkeit, Kinderlosigkeit, unweibliche Intellektualität auch für dich wunde Punkte, immer noch?

Hast du etwas vergessen, fragte ich, als sie zurückkam.

Wo ist Achim? murmelte sie und rannte weiter, blickte ins Arbeitszimmer, das jetzt leer war, suchte ihn zwischen den Gästen im Salon, auf der

Terrasse, im Garten, immer hastiger, angstvoller, als sei das Heulen der Notarztsirene schon hinter ihr her: der zweite Herzinfarkt kann das Ende bedeuten, hatte der Arzt gesagt.

Endlich entdeckte sie Marion und rief über die Gäste hinweg zu ihr hinüber: Wo ist Achim?

Marion drängte sich zu ihr durch und maulte: Am Telefon, wo denn sonst? Geschäfte! Nicht einmal am Geburtstag kann er sich der Familie widmen. Dabei tauschte sie Blicke mit einem kurzgeschorenen Herrn, der mit anderen Herren in der Tür zur Terrasse stand und verstohlen zu ihr hinüberlächelte. Armer Achim! dachte ich. Du hättest bei Hedwig bleiben sollen!

Elsa zog sich aus dem Gedränge zurück und stand nun gegen den Türpfosten gelehnt, erleichtert, erschöpft.

Hast du es hinter dir? fragte ich.

Sie besann sich, seufzte, nickte.

Dann kannst du ja gehen.

Ich weiß nicht, sagte sie und ließ ihre Blicke über die Gesellschaft wandern. Vielleicht sehe ich diese Leute zu negativ. Wenn man jahrelang nichts miteinander zu tun hat, wachsen die Vorurteile. Man sollte miteinander reden ...

Da wußte ich, daß ihr protestantisches Hirn im Begriff war, eine neue Aufgabe zu produzieren, sozusagen als Buße für das, was sie Achim zugemutet hatte: einmal dieser Gesellschaft, Achims

Gesellschaft, die auch die ihre hätte sein sollen, unvoreingenommen, freundlich, wohlwollend begegnen, Interesse zeigen, Verständnis, wenn möglich Sympathie. Das würde Achim freuen, und schließlich war es ja sein Geburtstag.

Muß es denn grade heute sein? sagte ich, aber sie hatte sich schon vom Türstock abgestoßen und strebte voll guten Willens zu den Herren hinüber, die inzwischen auf die Terrasse getreten waren, unter ihnen Professor Schmalstieg, der entzückt war, Elsa nach so langer Zeit wiederzusehen. Man trifft sich so selten. Das muß anders werden. Darf ich vorstellen: Herr Dr. Piltz, die neue dynamische Kraft in Achims Betrieb.

Der Kurzgeschorene beugte sich tief und küßte Elsas Hand, ehe sie ihm dieselbe entziehen konnte. Die Herren möchten doch das begonnene Gespräch fortsetzen, bat sie, und das taten sie auch, zunächst stockend, mit bedenklichen Seitenblicken – man will ja die Damen nicht langweilen –, aber dann lief es wieder und alle waren sich einig in dem milden Amüsement über Ignoranten, die neuerdings im wissenschaftlichen Gespräch mitreden wollen. Wo kämen wir denn hin, wenn Hauptschulabsolventen, Putzhilfen, vom Emanzipationsfieber befallene Hausfrauen in Entwicklungen eingreifen könnten, die außerhalb ihres Begriffsvermögens liegen. Wie sieht das die Pädagogin?

Elsa warf mir einen gequälten Blick zu, dann gab sie, immer noch in gemäßigtem Ton, zu bedenken, daß auch Hauptschulabsolventen, Putzhilfen und Hausfrauen von den Auswirkungen der erwähnten Entwicklungen betroffen seien und deshalb ein verständliches Interesse hätten, sich einzumischen, ehe es zu spät sei – dafür gäbe es Beispiele.

Gefühle in Ehren! sagte mit einer kleinen Verbeugung Schmalstieg, der an Beispielen nicht interessiert war. Man müsse die Ängste der einfachen Menschen ernst nehmen, aber die wirklich wichtigen Entscheidungen sollten doch – darin sind wir uns sicher einig – im Lichte der Ratio getroffen werden.

Fragt sich nur, welcher Ratio, sagte Elsa und setzte zu einer längeren Rede an, die ich nicht hören konnte, weil sie sich nun zum anderen Ende der Terrasse entfernten, eine lockere Gruppe, die sich allmählich weiter verdünnte, weil einer nach dem anderen der Herren das Weite suchte. Elsas Art, in Männergespräche einzugreifen, weckt nun mal unangenehme Gefühle, obwohl oder weil sie Intelligentes zu sagen hat. Andererseits steht ihr der leichte Plauderton nicht zur Verfügung, weil für sie nahezu jedes Thema in Regionen führt, die plaudernd nicht zu erreichen sind.

Als sie wieder in Hörweite gerieten – inzwischen nur noch Schmalstieg und der Kurzgeschorene an ihrer Seite –, war sie bei Max Webers düsteren Visionen über die Zukunft des »säkularisierten Kapitalismus« angelangt: »Stählernes Gehäuse«, »mechanisierte Versteinerung«, die »zunehmende und schließlich unentrinnbare Macht der äußeren Güter über den Menschen«. Kein Linker, dieser Max Weber, im Gegenteil! sagte sie, aber einer, der aus den Strukturen seiner Gegenwart die Richtung auf Zukünftiges lesen konnte. Und sein Zukünftiges ist nun mal unsere Gegenwart. Nun wurde es auch Schmalstieg zuviel. Behutsam lenkte er die zusammengeschmolzene Gruppe in Richtung kaltes Buffet und griff im Vorübergehen zwei gefüllte Sektgläser vom Tablett. Jaja, die Literatur! sagte er in dem freundlich-ironischen Ton, mit dem Männer der Praxis das Geistige, wenn es nicht paßt, in die Region romantischer Spinnerei verweisen. Bei Ihnen, verehrte Freundin, kann man immer noch dazulernen!

Ich sah, wie Elsas Nacken sich versteifte, und wußte, daß die mühsam unterdrückte Wut wieder in ihrer Kehle brodelte, und als er ihr das Glas reichen wollte – Trinken wir auf die richtige Ratio! –, sah sie es nicht oder wollte es nicht sehen. Es fiel zwischen ihnen zu Boden, zersprang in winzige Scherben, und nun blickten alle Anwesenden, auch Achim, der soeben in die Tür getreten war, auf Elsa, die ganz leise, gefährlich leise in der

Art, wie sie durch plötzliche Dämpfung der Stimme randalierende Schulklassen zum Schweigen brachte, das Wort »Ratio« aufs Korn nahm: Wo das herkäme. Was zur Zeit der Aufklärung damit gesagt sein sollte. Und heute?

Sie selbst, Philologin und Pädagogin, beobachte einen fatalen Bedeutungswandel. So wie das Wort heute angewandt werde, diene es nicht der Klärung, sondern der Verschleierung der Realität, und hinter diesen Schleiern zeichne sich mehr oder weniger deutlich der überwältigende Konsens ab, daß die einzige vernünftige Ratio in der rücksichtslosen Verfolgung kurzfristiger Privatinteressen bestehe. Die Konsequenzen könne man jeden Tag in der Zeitung lesen: Steuerhinterziehung, Schmiergelder, Gefälligkeitsgutachten, Meineide, Korruption, illegale Geschäfte, vertuschte Skandale. Und was da alles auf Schweizer Konten fließe! Und wie normal das inzwischen geworden sei! Wenn ich das lese – an dieser Stelle hat Elsa ihre Stimme effektvoll erhoben, so daß die Gattinnen in der Polsterlandschaft einander entsetzte Blicke zuwarfen –, wenn ich das lese, sehne ich mich nach dem vielgeschmähten preußischen Beamten, der schon bei dem Verdacht einer Unlauterkeit zurücktritt oder sich eine Kugel durch den Kopf schießt, weil er seine Ehre befleckt sieht. Ehre – erinnern Sie sich, meine Herren? –, ein altmodisches Wort mit vier Buchstaben, im Lexikon definiert als »die auf Selbstachtung beruhende Achtung, die der Mensch von seinen Mitmenschen beansprucht«.

Tödliche Stille folgte ihren Worten. Mit einem triumphierenden Rundblick wandte sie sich zum Gehen und war schon fast an der Tür, als der Kurzgeschorene ihr mit einer genialen Wendung den Wind aus den Segeln nahm. Bravo! sagte er und klatschte dezent in die Hände.

Ich sah, wie Elsa, von Ekel geschüttelt, nach Atem rang.

Lassen Sie das, Herr Dr. Piltz! sagte sie mit einer kleinen, fast erstickten Stimme. Ich will von Ihnen nicht gelobt sein!

Und damit ging sie zur Tür hinaus und durch den Flur ins Freie, erst langsam, dann immer schneller, am Ende fast laufend, gejagt von einem unerträglichen Durst nach Luft, nach Klarheit, nach Redlichkeit.

Als sie verschwunden war, brach Marion in ein nervöses Kichern aus. Dabei sah sie den Kurzgeschorenen an, der die schmalen Lippen zu einem Grinsen verzog. In diesem Augenblick tat ich etwas, was ich noch nie getan habe und sicherlich unterlassen hätte, wenn Zeit zum Überlegen gewesen wäre. Ich trat auf Marion zu und herrschte sie an: Hier gibt's nichts zu lachen.

Dann ging auch ich, nicht so effektvoll wie Elsa, eher kümmerlich mit steifen Gelenken und zitternden Knien. Und doch war es ein großer Augenblick, und ich brannte darauf, Elsa davon zu erzählen. Aber als ich vor das Gartentor trat, war sie schon weit weg, eine einsame Gestalt auf der menschenleeren Straße, die sich rasch entfernte, begleitet von ihrem Schatten und dem Widerhall ihrer Schritte von den dunklen Fassaden.

Zuhause habe ich lange Zeit vor dem Telefon gesessen und mit mir gekämpft, ob ich sie anrufen sollte. Schließlich verschob ich es auf den nächsten Morgen, nahm zwei Schlaftabletten und ging zu Bett.

Aber kaum hatte ich die Augen geschlossen, geriet ich in eine Jagd angstvoller Träume, und in einem von ihnen lag Elsas ominöse Kapsel offen und leer auf einem Gläsertablett, und als ich ihren Namen rief, fingen die Gläser leise zu klirren an wie in einem Weltuntergangsfilm von Tarkowskij. Ich fuhr hoch und mußte trotz der späten Stunde zum Telefon greifen, nur um zu wissen, daß es Elsa noch gab.

Sie nahm sofort ab, hellwach und aufgeräumt. Alles in Ordnung, sagte sie, mach dir keine Sorgen, und ich sah sie geruhsam, wahrscheinlich mit einem Glas Rotwein, an ihrem Schreibtisch sitzen, über sich die Tafel, die nun blank und leer war. Freie Bahn! Alle Aufgaben erfüllt.

Gib mir die verdammte Kapsel, sagte ich ärgerlich. Du kriegst sie zurück, wenn du dich wirklich umbringen willst, aber solang sie in meiner Schublade liegt, kann ich wenigstens in Ruhe schlafen.

Wieso schlafen? sagte sie. Wenn alle schlafen, sollten die Alten wach sein.

Und sich lächerlich machen?

Wir gehören einer zähen Generation an, sagte sie. Ein bißchen Lächerlichkeit macht uns nichts aus. Denk an den Trommler von Wien.

Und dann erzählte sie mir die Geschichte von dem alten Mann, der kurz vor dem blutigen Ende der 48er Revolution trommelschlagend durch die menschenleeren Straßen der Wiener Innenstadt zog, während die Revolutionäre schon in den Kellern saßen und zitterten vor den Truppen des Fürsten von Windisch-Graetz.

Nur der alte Trommler und das Bürschchen, das ihm die schwarz-rot-goldene Fahne voraustrug, wollten es noch nicht wahrhaben.

Lieber Freund, lassen Sie das. Es ist alles aus, rief der Abgeordnete Moritz Hartmann über den Hohen Markt. Da schüttelte der Alte den Kopf und rief: Es darf nicht aus sein. Sie müssen wieder heraus!

Glaubst du wirklich, daß sie noch einmal herauskommen? sagte ich.

Bestimmt! sagte sie. Wir müssen nur laut genug trommeln.

Tatsächlich, das hat sie gesagt: Wir!

Seitdem sind wir wieder Freundinnen.

Die wunderbaren Kinder

Kurz vor ihrem Tod hat meine Freundin Elsa ein
wunderbares Erlebnis gehabt. Ich fand es eher ba-
nal, als sie mir davon erzählte, sie selbst dagegen
kam mir seltsam verändert vor, leichter, flüchtiger,
undeutlicher, auf eine ätherische Weise überdreht,
so daß ich mehrmals versucht war, sie in die Realität zurückzurufen, wie man einen waghalsigen
Kletterer auf den gesicherten Wanderweg zurückruft.

Aber das tat ich dann doch nicht, weil ich nicht
sicher war, ob sie es tatsächlich ernst meinte mit
ihrer Geschichte oder ob sie sich die ganze Zeit
über mich, womöglich sogar über sich selbst lustig
machte. Von der Krankheit wußte ich nichts, weil
ich erst vor kurzem von einer längeren Reise zu-
rückgekehrt war. Zur Feier des Wiedersehens hatte sie echten französischen Champagner aufgefah-
ren, und wie sie mir mit glühenden Wangen ge-
genübersaß in dem nachtblauen Seidenkleid, das
sie nur zu festlichen Gelegenheiten trug, und der
silbernen Kapsel auf der Brust, erschien sie mir
überwältigend lebendig. Du strahlst ja! sagte ich,
geht es dir gut?, und sie nickte mir zu: Ja, heute
geht es mir wirklich gut.

Das Wunderbare, das sie mir unbedingt mitteilen wollte, war ihr kurz vor meiner Rückkehr widerfahren, an einem der Spätherbsttage, die wie eine Insel der Seligen aus Morgennebeln auftauchen, mit einem weiten blassen, von der fernen Alpenkette zart-begrenzten Himmel und dem allmählich aufleuchtenden Farbenspiel zwischen Wiesengrün und den prächtig-welkenden Blättern der Auwälder.

An jenem Tag war Elsa in einer bebenden Vorfreude erwacht, wie sie sie als Kind, Mädchen und junge Frau in der Morgenfrühe empfunden hatte, dann jahrzehntelang nicht mehr. Nun war sie wieder da, gesteigert durch das Entzücken des Wiedererkennens. Mit einem Ruck hatte sie sich im Bett aufgerichtet und eine Weile ganz still gesessen, damit der Schlaf ablaufen könnte. Dann öffnete sie die Augen und sah das Zimmer von Sonne erfüllt und den Morgenwind in den geblähten Gardinen. Prickelnd und sprühend kehrte das Leben in ihren alten Körper zurück. Ehe sie einen Gedanken gefaßt hatte, wußte sie schon, wo sie hingehen wollte an diesem Tag – nämlich dorthin, wo sie nach der Flucht aus dem Bombenkrieg in den Frieden erwacht war. Damals hatte sie diesen Ort »mein Tal« genannt und die Bäuerin, die sie aufgenommen hatte, »meine Freundin« und den Fluß »mein Fluß«.

Unbegreiflich, daß sie jahrelang nicht dort gewesen war!

Mit fliegenden Händen, so eilig hatte sie es, so kostbar waren ihr die Minuten, zog sie sich an und machte sich ohne Frühstück auf den Weg, und als sie auf der Höhe stand, von der aus man ins Tal hinabschauen kann, sah sie, daß alles noch da war: das kleine Haus am Fluß, die Viehweiden, in denen die Kalben grasten, das vom Auwald umbuschte Wasser, das sich in sanften Windungen durchs Grüne zog, sah sogar, obwohl sie in der Eile die Brille vergessen hatte, das Fährboot, mit dem die Bäuerin sie damals über den Fluß gefahren hatte, breitbeinig, mit nackten Füßen auf den feuchten Planken stehend, die kurze dralle Gestalt vornübergebeugt, um das Steuer herumzuziehen, damit das Boot in die Strömung geriet und von ihr ans andere Ufer getrieben wurde.

Als sie dann unten war, fand sie das Boot nicht mehr und der Weg zu dem kleinen Haus war leer, aber aus dem Schornstein stieg Rauch, und obwohl sie wußte, daß inzwischen die Kinder und Kindeskinder der Frau eingezogen waren, sah sie sie mit glühenden Wangen am Herd stehen und Knödel in die kochende Brühe legen. Bei diesem Anblick überkam sie ein mächtiger Hunger, wie sie Hunger seit vielen Jahren nicht gespürt hatte, und sie tat, vom Hunger getrieben, ein paar Schritte zum Haus hinauf bis dorthin, wo der Weg aus dem Baumschatten ins Offene tritt. Dort hielt sie inne und mahnte sich kopfschüttelnd zur Ordnung, indem sie rekapitulierte, daß die Frau, die sie am Herd stehen sah, längst unter der Erde war, sie selbst hatte ja an dem Begräbnis teilgenommen, und daß der Hunger, der ihren Magen aufwühlte, kein leiblicher Hunger sein konnte, sondern ein Seelenhunger, der sich durch Essen nicht stillen ließ. Ich bin alt, mein Hirn ist schlecht durchblutet und manchmal ein wenig wirr, sagte sie sich, erstaunt über die Leichtigkeit, mit der sie diesen sonst leidenschaftlich bekämpften Gedanken hinnahm, so als sei das Ineinander vergangener und gegenwärtiger Bilder kein Defekt, sondern eine Erweiterung, die sie brauchte, um diesen wunderbaren Tag ganz in sich aufzunehmen.

So ging sie, zwar langsam zu Fuß, aber mit geblähten Seelensegeln den Fluß hinauf unter dem großen blassen Oktoberhimmel, zwischen rostigem Schilf und flammendem Auwald und spürte im Vorüberstreifen, daß an den Haselsträuchern schon die Kätzchen wuchsen, als fühlten sie hinter Winter und Frost den Frühling kommen.

Wenn der Boden anfing, unter ihren Füßen Wellen zu schlagen, hockte sie sich nieder, um sich an der Erde festzuhalten, und fühlte mit den Fingerspitzen die Gräser unter dem Blätterteppich, die schleimigen Pilzkappen und faulenden Zapfen, die in Jahrtausenden abgeschliffenen Kiesel und die vom Urzeitmeer zurückgebliebenen Schnekkenhäuser und Muscheln. Wie hatte die Bäuerin sich geplagt mit dem Sammeln und Forttragen der Steine, bevor sie die Rübenpflänzchen setzte! Unwillkürlich wiederholten ihre Hände die Bewegungen des Vorstechens mit dem Pflanzholz und In-die-Erde-Senkens der Pflanzen, die sie damals von der Frau gelernt hatte, und mit den Bewegungen kam ihr die Hoffnung jener ersten Friedenstage zurück, daß ein neuer, besserer Anfang gemacht werde, der dann doch kein Anfang geworden war.

Aber für Bitterkeit war kein Raum an diesem wunderbaren Tag. Das, was die Erde ihr heute mitteilte, war die besondere Art von Geduld, die die Frau gehabt hatte und die sie selbst eine Weile nachgeahmt, aber inzwischen verloren hatte. Nicht nur mein altes Hirn, auch die alte Erde vermischt Vergangenes, Gegenwärtiges, Zukünftiges, ohne sich auf den Disput über die wirklichere Wirklichkeit des einen über das andere einzulassen, dachte sie, und es kam ihr so vor, als sei die Vorstellung des unaufhaltsam weiterrasenden Zeitpfeils nur eine unter unzähligen Möglichkeiten, die, so willkürlich wie gewählt, auch wieder verworfen werden könnte.

Genau hier, wo sie am Boden hockte, war früher eine Altwasserbucht gewesen, die einen Teil des vorüberströmenden Flusses einfing und im Kreise drehte, und obwohl die Bucht inzwischen wegreguliert und das Ufer begradigt und befestigt war, spürte sie in sich das langsame Kreisen und was alles mitschwamm an modrigem Holz, Vorjahrsblättern, abgelöstem Erdreich, spürte auch ihren eigenen Körper, der einmal dort geschwommen war, damals jung und glatt, nun alt, mit brüchigen Knochen und welker Haut.

Als endlich der Boden unter ihr wieder fest geworden war, hob sie die Augen und ließ die Farben hineinfallen, die der Herbst in den sterbenden Blättern entzündet hatte, während im dunkeln Innern bereits die Knospen des nächsten Frühlings unterwegs waren.

In diesem Augenblick nahm sie plötzlich Geräusche wahr, die vielleicht schon länger um sie her waren, aber erst jetzt, da ihr Atem leiser ging, zu ihr durchdrangen: Rauschen und Rascheln, Brechen von trockenen Zweigen, Steinerollen, Wasserplatschen, dazu ein Kichern und Flüstern, Rufe aus verschiedenen Richtungen, das alles wie Vogelgezwitscher im Frühling zu einem einzigen akustischen Raum verwoben, in dessen Mitte sie immer stiller wurde, langsam den Kopf drehend, um die Urheber der Geräusche zu erspähen. Aber Genaues war nicht zu sehen, oder ihre Augen waren zu langsam, um das Flüchtige festzustellen, das zwischen Auwald und Fluß sein Wesen trieb, ein Vorüber von Haar und Haut im sonnenfleckigen Laub, zurückschnellende Zweige, von flüchtigen Füßen bewegte Ufersteine. Sie wäre gern aufgestanden, um mehr zu sehen, aber eine Scheu, sich zu zeigen, hielt sie zurück. So märchenhaft war die Szene, daß sie an Elfen und Kobolde dachte, die verschwinden, wenn ein Menschenblick sie trifft.

Erst als die wimmelnde Geschäftigkeit sich entfernte, zog sie sich mühsam an einem Ast hoch und sah durch ein Blätterloch, wie sie über die Wiese davonzogen: ein buntes Grüppchen Kinder, winzig unter dem großen Himmel, duckten unter Weidezäune, schwärmten aus, schnurrten wieder zusammen, entfernten sich, fortgetragen vom Auf und Ab der Wiesenwellen.

Elsa ging ihnen nach, aber als sie im schwarzen Fichtengehölz untergetaucht waren, fühlte sie die Kraft in den Beinen schwinden, als sei es nicht die eigene Kraft gewesen, sondern ein Sog, der von den Kindern ausging, solange sie sichtbar waren.

Immer wieder einknickend, schleppte sie sich zu der einzeln-stehenden großen Tanne, die sie einmal »mein Baum« genannt hatte, und ließ sich an ihrem Fuß ins Gras sinken. Mit dem Rücken an den alten borkigen Stamm gelehnt, ruhte sie aus, und die Vögel ließen beim Aus- und Einfliegen Staub und Borkenstückchen über sie regnen. Sie hörte sie über sich piepsen und rascheln, und das Insektengeschwärm um sie herum spann ein schwebendes Netz aus summenden, orgelnden, sirrenden Tönen, hinter dem das Rauschen des

Flusses stand, das damals, als sie in der Apfelkammer des kleinen Hauses schlief, durch ihre Träume gegangen war.

Als sie erwachte, hatte sich das Licht ins Rötliche vertieft und die Sonne war gewandert, so daß sie nun im tiefen schwarzen Schatten saß. Wahrscheinlich waren ihre Beine eiskalt, aber sie fühlte sie nicht, und natürlich wußte sie, daß es in ihrem Alter und Zustand gefährlich war, so lange auf der Erde zu sitzen, die schon die ersten Nachtfröste hinter sich hatte. Trotzdem machte sie keinen Versuch aufzustehen, vielleicht weil sie ahnte, daß sie nicht hochkommen werde, vielleicht aber auch, weil die Position ihr nicht übel gefiel.

Unter diesem Baum möchte ich gern begraben sein, hatte sie einmal im Scherz zu den Kindern ihrer Schulklasse gesagt, als sie ihnen beim Ausflug die prächtige, einzeln-stehende Tanne zeigte. Die Kinder hatten gemeint, daß man über so etwas nicht reden dürfte, so hatten sie es von den Eltern gelernt. Elsa hatte nie etwas Schlimmes dabei gefunden, an den Tod zu denken und über ihn zu sprechen, und wie sie so dasaß und ihren Körper überhaupt nicht mehr spürte, auch den Hunger nicht, der ja auch nur ein Seelenhunger gewesen war, stellte sie sich vor, daß sie hier sitzen bleiben würde im Nebel, der abends aus den Wiesen aufsteigt wie weißes Wasser, und im Gebrodel von Morgendunst über dem Fluß, das sich perlig ver-

klärt, wenn die Sonne aus den Tannen des Hoch-
ufers springt. Sitzen bleiben und langsam versin-
ken im Geriesel von Nadeln, Borkenstückchen
und Zapfen, bis der Schnee kommt und alles eben
und gleich macht. Indessen kroch die Kälte ihren
Körper hinauf, ohne ihr den geringsten Schmerz
zu bereiten, und allmählich kam auch das Geflak-
ker der Gedanken und Bilder in ihrem Kopf zur
Ruhe, und sie fühlte sich fast gestört, als ein Bulldog mit angehängtem Güllewagen über den Rand
der Mulde tauchte und anhielt.

Es geht schon wieder, rief sie in das Gerassel
und versuchte aufzustehen, aber ihre Stimme war
nicht zu hören und die Glieder gehorchten ihr
nicht. Unwillig über ihr Versagen sah sie zu, wie
der Bauer vom Sitz kletterte und krummbeinig
herunterstieg, aber dann kam die Geduld der Frau
zurück und sie überließ sich dem warmen Griff,
der sie aufhob, führte und ihr auf den Bulldog
half.

In einer Wolke Güllegestank donnerten sie den
Auwald entlang Richtung Haus, und Elsa wunderte sich, daß ihr sonst so geschärftes Umweltbe-
wußtsein nicht den üblichen Ärger über zuviel
Vieh, zuviel Gülle, zuviel Nitrit im Grundwasser
produzierte. Auf der Suche nach Gründen für die
heitere Gelassenheit, mit der sie die donnernde,
stinkende Realität dieser Fahrt hinnahm, fiel ihr
das elfenhafte Gehusche der Kinder ein und der

Zauber, den sie bei ihrem Anblick gespürt hatte. Träume ich nun schon am hellichten Tag? dachte sie, und obwohl ihr der Atem knapp war und das Geholper ihr alle Eingeweide durcheinanderschüttelte, konnte sie es sich nicht verkneifen, dem Bauern ihre Frage ins Ohr zu keuchen: ob er beim Güllefahren eine Gruppe Kinder gesehen habe.

O ja, die habe er wohl gesehen, brüllte er zurück, die seien nun bald jeden Tag am Fluß und im Wald unterwegs, seine eigenen auch, statt der Mutter zu helfen oder Schulaufgaben zu machen. Jetzt seien sie grade dabei, Müll einzusammeln, der vom Sommer liegengeblieben sei, dagegen sei ja nichts einzuwenden, aber das Geflenne wegen Chemiedünger, Pflanzenschutz und zuviel Gülle habe er satt, überhaupt daß sie die Nase in Dinge steckten, die Kinder nichts angehen, das fehle grade noch, daß man die Aufpasser vom Naturschutz im eigenen Hof habe bloß wegen der neuen Lehrerin, dieser verdrehten Person, die den Kindern Flöhe ins Ohr setze, statt ihnen etwas Vernünftiges beizubringen. Das alles und mehr davon drang nicht gesprochen, sondern gebrüllt in Elsas Ohr, und sie mußte mehrmals so laut sie eben konnte nach dem Namen der verdrehten Lehrerin fragen, bis er sie verstand und widerwillig den Namen ausspuckte.

An diesem Punkt der Geschichte hat Elsa mir ihr von freudiger Erregung bebendes Gesicht zugewandt, und ich mußte an die Komplotte unserer Kindheit denken, bei denen sie immer die begeisterte Anstifterin und ich die bänglich Zögernde gewesen war.

Und was dann?

Nichts dann, sagte sie. Ich war glücklich, als ich den Namen hörte, ganz und gar glücklich, wie es bei Goethe heißt: wirst du zum Augenblicke sagen und so weiter. Es waren ja die Enkel der Bäuerin, die ihren Fluß und ihr Tal verteidigten, und die Lehrerin, die ihnen das beigebracht hat, ist einmal meine Lieblingsschülerin gewesen, und wenn ich nicht wie eine Löwin um sie gekämpft hätte, wäre sie nach der dritten Klasse abgegangen und nie Lehrerin geworden, hätte nie Schüler gehabt, die weitertragen, was sie einmal gelehrt hat. Ist also doch nicht alles umsonst! Das sollte sie wissen. Wenn sie sie nur sehen könnte – die wunderbaren Kinder.

Wunderbar wegen ein bißchen Müllsammeln? Ich finde, du übertreibst, sagte ich.

Du hast sie nicht gesehen, sagte sie und schaute durch mich hindurch irgendwohin, wo ich nicht hinschauen konnte.

Dann machte sie die zweite Flasche Champagner auf, und allmählich verloren sich meine peinlichen Gefühle. So war es ja immer gewesen zwischen uns: Auf die Dauer besiegte sie meine Ängste, und ich stolperte hinter ihr her in Abenteuer, die zu groß für mich waren, aus denen sie mich dann wieder herausholen mußte.

Solche Geschichten erzählten wir uns, lachten und alberten herum wie die Gören, vergaßen die Zeit, das Alter, den Tod, bis sie ganz plötzlich den Schlußpunkt setzte.

Du mußt jetzt gehen, sagte sie, und als ich sie ansah, begriff ich, wie müde sie war, wie angestrengt ihre Haltung, wie welk das Gesicht.

Alles in Ordnung? fragte ich.

Unwillig schüttelte sie den Kopf, drängte mich sachte zur Tür, ihre Stimme in meinem Nacken: Sprich ihr von den Kindern! Sie braucht das. Ohne Hoffnung hält man nicht durch.

Im dunklen Treppenhaus kam mir die Sorge zurück und das Gefühl, daß ich sie nicht allein lassen sollte. Ich kehrte um und stand eine Weile hinter der Tür, horchend, unschlüssig, ob ich klopfen sollte oder nicht, da hörte ich von weitem ihre Stimme: Alles in Ordnung. Geh jetzt!

Als wenige Tage darauf die Ärztin anrief, wußte ich, bevor sie es aussprach, was sie mir mitteilen wollte. Elsa lag ausgestreckt auf dem Bett und hatte das blaue Seidenkleid an, das sie an jenem Abend getragen hatte, nur die Kapsel fehlte.

Sie hat die Antibiotika nicht genommen, sagte die Ärztin, als wir auf der Suche nach Brief oder Testament die ungeöffnete Packung fanden. Wir sahen uns lange an, dann füllte sie den Totenschein aus und ging. Danach habe ich nicht mehr nach Testament oder Brief gesucht, weil ich begriffen hatte, daß ich Elsas Vermächtnis bereits empfangen hatte. Ich setzte mich neben sie auf das Bett und dachte an unseren letzten gemeinsamen Abend und die wunderbare Geschichte, von der ich immer noch nicht wußte, ob sie tatsächlich erlebt oder zu Lehrzwecken erfunden war.

Das sieht dir ähnlich, alte Lehrerin mit dem pädagogischen Eros, dachte ich und mußte unter Tränen lächeln, daß du dich mit einer Hoffnung von deinen Schülern verabschieden willst und ausgerechnet von mir verlangst, daß ich sie weitergebe ...

Geschichten von Frauen im dtv großdruck

Ruth Rehmann:
Die Schwaigerin
Roman

dtv

Irmgard Keun:
Das Mädchen, mit dem die Kinder nicht verkehren durften
dtv 25050

Irina Korschunow:
Glück hat seinen Preis
dtv 25009

Doris Lessing:
Die andere Frau
dtv 25098

Anne Morrow Lindbergh:
Muscheln in meiner Hand
dtv 25053

Ruth Rehmann:
Die Schwaigerin
dtv 25079

Fay Weldon:
Die Teufelin
dtv 25065

Mary Wesley:
Zweite Geige
dtv 25084

Anna Wimschneider:
Herbstmilch
Lebenserinnerungen einer Bäuerin
dtv 25059

Marguerite Yourcenar:
Ich zähmte die Wölfin
Die Erinnerungen des Kaisers Hadrian
dtv 25017